Une nuit royale

KATE HEWITT

Une nuit royale

Traduction française de
CHRISTINE MAZAUD

Azur

HARLEQUIN

Collection : Azur

Titre original :
PRINCESS'S NINE-MONTH SECRET

HARPERCOLLINS FRANCE
83-85, boulevard Vincent-Auriol, 75646 PARIS CEDEX 13
Service Lectrices — Tél. : 01 45 82 47 47

www.harlequin.fr

ISBN 978-2-2804-2392-2 — ISSN 0993-4448

1.

Finalement, s'échapper avait été un jeu d'enfant. Abdul, l'un des gardes du corps de la famille royale, en faction à la porte de la luxueuse suite de l'hôtel où elles étaient descendues, s'était assoupi vers 22 heures. Voyant sa tête dodeliner sur sa poitrine, Halina s'était sauvée sur la pointe des pieds, retenant son souffle.

Elle n'avait jamais fait une chose pareille. Pas même tenté de franchir les limites qu'on lui imposait — quand on était princesse d'Abkar, on obéissait aux règles. Mais, ce soir, elle allait désobéir car elle ne supportait plus qu'on lui coupe les ailes. Oui, ce soir, elle voulait voler.

L'occasion ne se représenterait sans doute plus. Le monde se refermait sur elle. À cause de son père et du prince Zayed al-bin Nur, son fiancé, elle étouffait. À la pensée de son statut de quasi-prisonnière, qui allait certainement s'aggraver encore, sa décision se renforça. Oui, mais Olivia…

Ce n'était pas le moment de s'inquiéter pour Olivia. Ce soir, elle devait penser à elle, rien qu'à elle, et à l'occasion qu'elle avait de passer une soirée libre.

Halina longea le couloir qui menait à l'ascenseur et, entendant Abdul remuer, se plaqua contre le mur.

Cela avait été presque trop facile, mais après tout pourquoi pas ? La porte de leur suite avait été verrouillée de l'intérieur, un garde posté devant pour la forme. Sa mère voulait empêcher qu'on entre. Personne ne pouvait imaginer qu'elle se sauverait. Elle-même n'en revenait pas de son audace !

Les portes coulissèrent et Halina, le cœur battant et les mains moites, monta dans l'ascenseur. Elle était folle ou quoi ? Qu'est-ce qu'il lui prenait ?

Elle venait de passer ses vingt-deux ans de vie derrière de hauts murs — ceux du palais, ceux de son école religieuse en Italie, puis de nouveau ceux du palais — à attendre, attendre encore le fiancé qu'elle n'avait jamais rencontré. À attendre de commencer à vivre, ou, au moins, que quelque chose se passe.

Trois jours plus tôt, Zayed al-bin Nur avait enlevé par erreur Olivia Taylor, la gouvernante de sa sœur, qui était aussi une amie de classe, pensant que c'était Halina. Fâcheuse méprise…

Le bruit courait qu'il avait épousé Olivia quelque part dans le désert avant de se rendre compte de son erreur. Zayed avait envoyé un message à son père pour l'assurer qu'il n'avait pas fait de mal à Olivia. Halina avait été soulagée de l'apprendre. Mais l'incident lui avait fait prendre conscience de la précarité de sa condition et des limites de sa liberté.

Furieux, son père, le sultan Hassan, avait envoyé Halina en Italie avec sa mère, loin des griffes de Zayed.

Halina était bien contente d'être loin. Elle n'avait jamais voulu épouser Zayed, un homme qu'elle n'avait même jamais rencontré, et elle ne voulait pas qu'il la kidnappe. Néanmoins, à son avis, son fiancé n'était pas assez fou pour commettre deux fois de suite la même erreur.

N'empêche, elle était de plus en plus prisonnière…

Après ce qui s'était passé, son père avait veillé à ce qu'elle soit étroitement surveillée, encore plus qu'elle ne l'était déjà. Pour Halina, ce surcroît de contrôle était insupportable. Après vingt-deux ans passés à attendre, c'était décidé, elle allait vivre. Ne serait-ce qu'une nuit.

Les portes de l'ascenseur s'ouvrirent. De la salle de bal de l'hôtel, un fastueux *palazzo* romain, s'élevaient les accords d'un piano, le tintement de flûtes de cristal et le murmure feutré de voix distinguées. Quand sa mère et elle étaient arrivées, l'après-midi même, elle avait vu dans le hall de l'hôtel un panneau annonçant une soirée privée caritative donnée par le P-DG d'une société cotée en Bourse. Tout ce que Rome et même l'Italie comptait de grosses fortunes, d'hommes puissants et de personnalités s'y presserait sûrement.

Sa mère avait souri à Halina, l'air entendu.

— Un jour, les soirées comme celle-là seront pour toi, avait-elle dit en l'entraînant vers l'ascenseur. Quand tu seras mariée. Ce soir, nous allons nous reposer dans l'attente des instructions de ton père.

Halina n'avait jamais été à une vraie fête. Depuis qu'elle avait célébré son dix-huitième anniversaire, elle avait participé à quelques réceptions officielles, ennuyeuses à mourir, à des banquets interminables avec de vieux dignitaires grincheux, jamais à une fête digne de ce nom. Elle n'avait jamais eu de robe de soirée, n'avait jamais flirté ni bu de champagne. Justement, ce soir, c'était ce qu'elle voulait faire : vivre comme une jeune femme de son âge, qui s'amuse et profite de la vie — une jeune femme normale, quoi !

Bien sûr, il y avait des obstacles à franchir. Elle avait réussi pour le premier : s'échapper de sa chambre. Prétextant un mal de tête, elle était allée dans sa suite et avait attendu que sa mère s'enferme dans sa salle de bains pour organiser sa fuite.

Le deuxième obstacle, c'était sa tenue. Elle n'avait rien de convenable à se mettre. Enfin, rien d'assez chic pour une telle occasion. Heureusement, il y avait une boutique de luxe dans la galerie de l'hôtel.

Après avoir traversé le hall de réception, Halina entra dans la très élégante boutique de luxe de l'hôtel. Là, elle choisit la première robe qui lui plaisait, un fourreau en satin noir, moulant, très sexy. Elle acheta également des bas très fins et des stilettos, puis demanda qu'on mette le montant de ses achats sur le compte de la suite. Pour les reproches, on verrait plus tard. Avec un peu de chance, sa mère ne ferait même pas attention à la note. Elle n'y verrait que du feu.

Son sac de courses à la main, Halina se glissa dans les toilettes attenantes à la réception et se changea. En tremblant, elle fourra ses vêtements dans le sac de la boutique. Comment osait-elle faire cela ? Elle devenait folle ou quoi ?

Elle avait toujours aimé jouer des tours et avait eu quelques ennuis à l'école parce qu'elle était dissipée. Mais ça, c'était autre chose ! Si sa mère la surprenait... Si son père l'apprenait... À la pensée de leur déception et de leur colère, Halina se remit à trembler. Ses parents étaient formidables tous les deux, mais ils n'avaient jamais été confrontés à quelque défi que ce soit, ni de sa part ni de celle de ses sœurs. Ce n'était pas une raison pour ne pas essayer. Et si ça se passait mal, elle en subirait les conséquences. Point.

Entendant la porte des toilettes s'ouvrir, Halina retint son souffle. Ah non ! On n'allait pas la découvrir maintenant, alors que sa soirée commençait tout juste !

Elle entendit des cliquetis de talons aiguilles marteler le carrelage. Pas de doute, elles étaient deux et elles devaient se tenir devant les lavabos.

— Tu l'as vu ? fit une voix en italien, langue qu'Halina parlait couramment.

— Falcone ? demanda une deuxième voix.

Halina jeta un coup d'œil par l'interstice entre la porte et le chambranle. Deux femmes, élégantes et très sophistiquées, se penchaient vers le grand miroir qui leur renvoyait une image qui semblait leur plaire. La première arrangea ses beaux cheveux d'un blond vénitien et ouvrit une pochette de maquillage.

— Oui, Falcone, qui d'autre ? Il vient d'arriver.

— Ce qu'il peut être froid !

— Peut-être, mais diablement sexy.

— Tu as su comment il s'est débarrassé de sa dernière maîtresse ? demanda la brune.

— Comme toujours, je suppose : un bracelet en diamants et hop ! Dehors !

— Quel salaud, quand même ! Elle pleurait près du buffet.

— Tu parles de la top-modèle française ? Elle n'a pas tenu une semaine.

— Ça ne dure jamais plus avec lui.

Après s'être admirée dans la glace, la blonde se passa du rouge sur les lèvres.

— Il te plaît, toi ?

— Tout le monde en pince pour lui. De là à lui tomber dans les bras…

Elle releva la tête, l'air pensif.

— Je crois que c'est un amant fabuleux.

— C'est ce que j'ai entendu dire, fit la brune. Mais il est tellement froid ! Comment veux-tu t'emballer près d'un glaçon pareil ? Une de ses ex a raconté que, une fois son affaire faite, il demande à la fille de partir. Sur-le-champ. Tu imagines ?

— Le salaud… Mais il y a pire, chez les hommes.

— Il prévient tout de suite, « pas de questions sur ma vie privée ». Pas de question, pas de réponse. La paix !

— Tant que tu sais que…

— … Que ce n'est que pour le sexe, soupira la brune. Apparemment, il fait l'amour comme un dieu. Il est incroyable, paraît-il. Sa dernière conquête, la mannequin française, raconte qu'il l'a détruite. Et ça n'a duré qu'une semaine !

Halina avait la tête qui tournait. Jamais encore elle n'avait entendu de pareilles histoires. Ce Falcone avait l'air d'un fichu personnage ! Il faisait l'amour comme un dieu ? Elle qui n'avait jamais été embrassée…

— Il paraît qu'il est en chasse, ce soir, glousse la blonde en refermant sa pochette. Il n'aime pas les temps morts, on dirait.

— Quelques minutes ! s'esclaffa son amie. Et encore !

— Merci bien, pas pour moi.

À son ton, Halina pensa que la femme n'était pas sincère.

Dans un frou-frou de soie et des bruits de talons, les deux femmes quittèrent les toilettes. Soulagée, Halina soupira. Puisqu'elle était de nouveau seule, c'était le moment de sortir de sa cabine. Elle cacha derrière les lavabos le sac qui contenait les vêtements qu'elle avait enlevés, espérant bien les retrouver à la fin de la soirée avant de remonter dans sa suite.

Elle ne savait pas comment elle ferait pour y rentrer. Abdul, son gardien, dormirait-il toujours ? S'il était réveillé, il faudrait qu'elle invente un mensonge, par exemple qu'elle était sortie se promener, histoire de prendre l'air. Restait à espérer qu'Abdul et sa mère la croiraient…

Halina sortit de son box et, se voyant dans la glace, écarquilla les yeux. La robe la moulait comme une deuxième peau. Elle épousait tant ses formes qu'elle laissait peu de place à l'imagination. Elle n'avait jamais rien porté d'aussi élégant ni d'aussi suggestif. Elle se sentait pratiquement nue. Ses bas gainaient ses jambes, qui ne lui avaient jamais paru aussi longues, aussi fines. Ses escarpins à talons très hauts y étaient également pour quelque chose. Elle n'avait ni bijoux ni maquillage. Mieux valait donc qu'elle laisse ses cheveux tomber sur ses épaules. Elle n'aurait sûrement pas l'allure des deux femmes qu'elle avait épiées, mais il faudrait que ça fasse illusion.

Une nuit. Une heure, même. Tout ce qu'elle voulait, c'était déambuler au milieu de cet aréopage, une coupe de champagne à la main, parler un peu et peut-être, qui sait, flirter un tout petit peu. Ensuite, elle retournerait se coucher, discrètement. Mais pendant une heure ou deux, elle se serait amusée. Elle aurait vécu.

La tête haute et l'air aussi sûre d'elle que possible, Halina sortit des toilettes. Pas habituée aux stilettos, elle se tordit deux fois les chevilles avant de se faire aux dix centimètres de talon. Très vite, sa démarche hésitante laissa la place à un déhanchement qui sembla faire l'admiration du concierge debout à son bureau. Encouragée par son regard — apparemment, il ne la reconnaissait pas, alors qu'il l'avait pourtant vue à son arrivée —, elle se rengorgea et suivit les flèches qui indiquaient le salon où avait lieu la soirée.

Seigneur… À la porte, un homme étudiait la liste des invités. Elle n'y avait pas pensé. On allait la refouler, c'était certain. Et dire qu'elle n'y avait même pas mis un pied ! Quelle déception…

Ah non ! Ce n'était pas possible.

Un couple passa devant elle, s'arrêta devant l'homme. Se mordillant les lèvres, Halina suivit la scène des yeux. Ils déclinaient leurs identités et le préposé les cochait sur sa liste. Un autre couple s'avança. Qu'allait-elle pouvoir inventer pour entrer ?

Elle jouait bien la comédie, mais seulement dans le cadre de la maison ou de l'école. Elle n'avait jamais fait de numéro de charme à un inconnu. Et c'était sa seule chance.

— Mademoiselle ? appela le préposé, l'air dédaigneux.

Halina s'approcha, le cœur battant.

— Heu… je…, bafouilla-t-elle, cherchant désespérément une excuse pour expliquer l'absence de son nom sur la liste.

Elle faillit s'étrangler et toussa avant de reprendre.

— En fait…

Le sourire condescendant de l'homme la glaça.

— Avez-vous été conviée, mademoiselle… ?

Halina le dévisagea. Son aventure allait se terminer avant même d'avoir commencé.

À cet instant, derrière elle, une voix basse, grave et chaude lança :

— Oui. Elle est avec moi.

Rico cherchait une femme. C'était fait, il l'avait. Il le savait. Chez lui, c'était l'instinct qui parlait.

Sa proie se retourna, l'air stupéfait. Lèvres roses entrouvertes, longs cheveux noirs bouclés tombant en vagues sur les épaules, elle était charmante. Il l'avait vue dans le couloir et elle ne passait pas inaperçue avec sa jolie silhouette moulée dans une robe en satin. Ses yeux couleur acajou foncé, bordés de cils noirs très fournis, étaient écarquillés de surprise.

— Je…, commença-t-elle.

— *Cara*, dit Rico, suave, la prenant par la taille.

Il aimait le contact d'une hanche féminine contre la sienne, aussi la serra-t-il un peu plus.

— C'est gentil de m'avoir attendu, ajouta-t-il.

— Je… Je…, bafouilla-t-elle de nouveau.

Jouait-elle l'innocente ou bégayait-elle vraiment ? Pour quelqu'un qui essayait de s'incruster dans une soirée privée, elle n'était pas très douée. Mais qu'importait : il n'attachait pas d'importance aux cellules grises de ses conquêtes. Ce n'était pas pour leur cervelle qu'il couchait avec elles.

— Très bien, *signor*, dit l'homme, cochant son nom sur la liste.

Rico entra dans le salon, un bras autour de la taille de la femme, qui, nota-t-il, ne cherchait pas à se dégager.

— Champagne, je suppose, murmura-t-il.

Il fit claquer ses doigts. Un serveur se précipita, un plateau dans les mains. Rico prit deux flûtes et en donna une à celle qu'il considérait déjà comme sa future maîtresse.

— Champagne, évidemment, puisque vous n'aviez pas d'invitation. Comment vous appelez-vous ?

— Ha… lina, dit-elle, serrant le pied de sa flûte.

— Lina ? Lina tout court ?

Elle le regarda en riant. Ses yeux pétillaient de malice.

— Lina, ça suffira pour vous.

Elle avait de l'esprit. Il aimait ça, à condition qu'elle n'en abuse pas à ses dépens.

— Lina, répéta-t-il en savourant les syllabes qui glissaient sur sa langue. Pourquoi vouliez-vous absolument assister à cette soirée ?

La tête penchée sur le côté, un sourire coquin aux lèvres, elle le regarda droit dans les yeux. Cependant, il percevait un peu de nervosité derrière cette façade.

— Vous connaissez des filles qui n'ont pas envie de s'amuser, vous ?

— Bien vu, rétorqua-t-il. Tchin !

Il fit tinter son verre contre le sien.

— Tchin, alors.

Elle accompagna son geste d'un sourire craquant qui creusa une fossette adorable au coin de sa bouche. Et elle but. Une petite gorgée.

— Mmm, c'est délicieux ! s'exclama-t-elle.

Rico éclata de rire.

— On dirait que c'est la première fois que vous buvez du champagne !

— Bien sûr que non ! dit-elle, le regardant de haut.

Comme pour le lui prouver, elle vida son verre d'un trait.

— Un autre, si je comprends bien, proposa-t-il.

D'un geste autoritaire, il fit signe au serveur. Cette Lina n'était pas banale. Elle l'intriguait, même. Elle forçait les portes, cherchait sûrement un *golden boy* ou un *sugar daddy* à harponner, mais cela ne le dérangeait pas. Tant que les femmes annonçaient franchement la couleur et qu'il savait à quoi s'en tenir, tout allait bien. Ils pouvaient s'entendre.

Ce soir, il le devinait aux picotements qui le titillaient un peu partout, la chimie allait fonctionner. Juste en la regardant, la réaction se faisait. Il la désirait déjà.

Elle était charmante, c'était incontestable. Et diablement attirante dans son fourreau de satin noir, avec ses cheveux tombant négligemment sur ses épaules. Elle avait dû estimer le maquillage et les bijoux superflus car elle ne portait rien. Ni rose aux joues, ni or, ni diamants. Finalement, elle n'était peut-être venue que dans le but de s'amuser — et peut-être aussi pour trouver un protecteur. Pour ce soir, mais ce soir seulement, ce protecteur serait lui.

Il prit une flûte de champagne sur le plateau qu'on leur présentait et la lui tendit.

— Tchin, murmura-t-il.

Elle sourit.

— Tchin.

Ils avaient échangé en italien, qu'elle parlait couramment, avec une petite pointe d'accent étranger toutefois. D'où pouvait-elle être originaire ?

Elle a quelque chose d'exotique, pensa Rico. Avec ses yeux légèrement en amande, son teint hâlé, ses cheveux très noirs, elle n'était pas d'ici. D'où, alors ? Dans le fond, il s'en moquait ; et il n'allait sûrement pas le lui demander, au risque qu'à son tour elle lui pose des questions sur lui, questions auxquelles il refusait toujours de répondre. Les femmes qu'il fréquentait prenaient sa curiosité pour un véritable intérêt pour elles, ce qui était faux. Alors il n'en posait plus.

— Lina, dit-il. Cette soirée m'ennuie. Si nous montions ?

Surprise, elle eut un léger haut-le-corps. Il la regarda se passer la langue sur les lèvres, ce qui redoubla son envie d'être seul avec elle. Et décupla son désir.

— Monter où ? demanda-t-elle le plus innocemment du monde.

— J'ai un loft au dernier étage. Une suite, si vous préférez.

Il lui décocha son sourire spécial, celui dont une de ses dernières conquêtes avait affirmé qu'il pourrait faire fondre le pôle Nord.

— Je pense que ce sera infiniment plus confortable là-haut, reprit-il. Et puis le champagne y est bien meilleur.

— Mais, je ne connais même pas votre nom ! protesta-t-elle en rougissant.

Rico sentait que la jeune femme hésitait, mais aussi que sa proposition l'excitait. Peut-être s'était-il montré un peu trop direct ? Il trouvait inutiles les travaux d'approche, qui se terminaient de toute façon au lit.

— Rico, dit-il, convaincu qu'elle le savait très bien.

Tout le monde ici savait qui il était.

— Je suis le P-DG de Falcone Enterprises, précisa-t-il.

— Falcone…

À son regard, il comprit qu'elle connaissait son nom.

— Vous avez entendu parler de moi, on dirait.

— Oui. Tout à l'heure, dans les toilettes.

Elle se mordillait les lèvres, comme partagée entre envie de rire et culpabilité.

— Deux femmes parlaient de vous.

— Vraiment ?

Amusé, Rico haussa les sourcils.

— Ah, les femmes qui papotent dans les toilettes ! J'imagine ce qu'elles peuvent raconter. Eh bien, tout est vrai.

Elle écarquilla les yeux.

— Tout est vrai ?

— Oui, tout, répondit-il sans hésiter.

Lina laissa échapper un hoquet. Elle avait déjà avalé sa deuxième flûte de champagne, remarqua Rico.

— Elles disaient que vous êtes froid comme un glaçon. Avec un cœur de pierre, ou quelque chose comme ça.

— Méchant, mais en partie vrai.

— Oh…

Elle inclina la tête. Ses yeux brillaient très fort et un sourire mutin faisait rebiquer les deux coins de sa bouche.

— Pourquoi êtes-vous un glaçon ?

Rico but un peu de champagne et réfléchit une seconde.

— Je suis comme ça, déclara-t-il, estimant comme toujours que la franchise valait mieux qu'un mensonge piteux. Je ne cherche pas à travestir la vérité.

Il croisa son regard. Elle avait à la fois l'air étonné et espiègle. Elle était agréable à regarder avec ses lèvres entrouvertes, ses joues roses et ce petit air naïf que ses maîtresses habituelles n'affichaient jamais.

— Vous voulez dire…

Rico l'interrompit :

— Oui, c'est ce que je veux dire.

Elle hocha doucement la tête. Elle avait les pupilles dilatées et les joues de plus en plus roses.

— Elles ont dit autre chose, dans les toilettes.

— Vraiment ?

Il avait beau feindre la plus totale indifférence, ce

qu'avaient dit ces femmes l'intéressait. Il voulait savoir ce que Lina avait entendu, quels préjugés elle allait avoir à son égard.

— Elles ont dit… Elles ont dit…

Elle s'humecta les lèvres, ce qui inspira quelques pensées lubriques à Rico.

— Elles ont dit que vous étiez un fabuleux amant.

Elle pouffa, peut-être étonnée de s'entendre répéter des propos aussi crus. Loin d'être choqué, Rico éclata de rire.

— C'est également vrai.

Elle rit de nouveau, hochant la tête, mais embarrassée semblait-il par ce qu'il venait de confirmer. Jouait-elle la comédie ? Essayait-elle par ce biais — inutile, en ce qui le concernait — de piquer son intérêt ? Une femme ne tentait pas de s'immiscer dans une soirée huppée vêtue d'une robe aussi sexy sans une idée derrière la tête ; ou au moins sans une totale confiance en elle et de doux espoirs…

— Alors ? demanda Rico, de sa voix la plus sensuelle. On monte ?

— Au dernier étage…, susurra-t-elle, pensive soudain.

— Dans ma suite. J'ai du champagne au frais, comme toujours. Il nous attend.

— Je… Je ne…

Elle commençait à l'ennuyer avec ses hésitations. Il n'avait pas de temps à perdre en marivaudage.

Rico tendit la main vers la sienne et lui enlaça les doigts. À ce contact, un courant électrique remonta de ses cuisses à sa tête. Il avait fait le bon choix, c'était une certitude. Son corps ne le trompait jamais.

— Eh bien ? murmura-t-il. Vous venez, ou pas ?

2.

Halina n'était plus capable de penser. Dès l'instant où Rico Falcone l'avait tirée du mauvais pas dans lequel elle s'était fourrée, elle avait été piégée, ensorcelée par la sensualité que dégageait l'homme qui se tenait maintenant devant elle. Un homme arrogant, suffisant, sûr de lui et surtout, surtout, affreusement attirant.

Elle n'avait qu'une expérience limitée du sexe opposé, et pas d'expérience du tout du style d'homme qui souriait devant elle, visiblement content de lui, dans une posture qui flattait sa silhouette avantageuse, mince et musclée. Il émanait de lui une impression de puissance, sans compter qu'il transpirait la sensualité.

— Vous venez avec moi ou pas ? demanda-t-il, une pointe de défi teintée d'impatience dans la voix.

Halina hésitait. Après ce qu'elle avait appris en surprenant la discussion de ces deux femmes dans les toilettes, puis de la bouche même de Rico Falcone, il ne fallait pas qu'elle le suive. C'était un coureur patenté et un homme glacial. Mais aussi un dieu au lit…

Rien de ces ragots ne la concernait dans la mesure où elle n'avait pas l'intention de coucher avec lui. Sa virginité était, en plus d'une question d'honneur, un capital à protéger. En tant que princesse du royaume d'Abkar, rester pure et chaste jusqu'au mariage était de la plus haute importance. Elle n'avait même jamais *touché* un homme avant ce soir.

Mais que venait faire le sexe dans tout cela ? se

demanda-t-elle soudain. Ce qu'elle souhaitait, c'était boire du champagne, et peut-être quand même être embrassée…

Refuser une invitation aussi tentante n'était pas facile. C'était un homme comme elle n'en avait jamais vu : cheveux noirs coupés ras, peau légèrement basanée, yeux gris pailletés d'argent, qui avaient brillé comme le soleil sur du métal quand il avait pris sa main — d'ailleurs, pourquoi la gardait-il dans la sienne ? Il avait en outre un corps puissant, grand, athlétique, sanglé dans un smoking noir sur une chemise à col cassé d'une blancheur immaculée. Non content d'être beau, il savait se mettre en valeur.

Du coin de l'œil, Halina aperçut les deux femmes qu'elle avait entrevues dans les toilettes. Elles lançaient vers eux des regards interrogateurs et pleins de jalousie. Avaient-elles oublié ce qu'elles avaient raconté tout à l'heure ? Il était clair qu'elles voulaient cet homme, cet homme qui de toute évidence ne les désirait pas.

— Oui, dit-elle, lançant le mot à la volée, un peu comme un défi. Oui, je viens.

— Excellent !

Il lui serra un peu plus les doigts, déclenchant chez elle une réaction inconnue, quelque chose qu'elle n'avait jamais éprouvé, comme un feu d'artifice intérieur.

Après les deux verres de champagne qu'elle avait bus coup sur coup, Halina avait la tête qui tournait. La magie, la folie de la situation qu'elle vivait à cet instant ne faisait rien pour calmer son tournis. Elle, la princesse innocente enfermée jusque-là dans sa tour d'ivoire, entraînée dans un loft par un homme réputé être un amant magnétique et insatiable… Et qui la désirait.

Prenant une grande inspiration, bien décidée à ne pas paniquer, Halina suivit Rico dans le couloir, loin de la fête. Un peu de flirt, une autre flûte de champagne, peut-être un baiser, et puis elle partirait. Bien sûr qu'elle s'en irait ! Pour l'instant, il lui suffisait de ne pas penser à sa mère, ni à Abdul, le garde du corps assoupi devant sa porte, et encore moins à son père, le sultan, qui serait à la fois outré et brisé d'apprendre son audace. Comment sa fille, la princesse Halina, avait-elle pu braver ses interdits ? Comment avait-elle pu oser faire ce qu'elle allait — peut-être — faire une fois dans le loft de ce Rico Falcone ?

Une nuit. Une petite fugue. Elle n'en demandait pas plus. Ce n'était pas grand-chose, quand même !

D'un geste autoritaire, Rico appela l'ascenseur, dont les portes coulissèrent. La tenant toujours par la main, il l'attira à l'intérieur. Les portes se refermèrent sur eux, seuls dans la cabine qui filait vers les étages.

— Qu'est-ce qui vous a poussée à vouloir venir à cette soirée, ce soir ? demanda Rico de sa voix suave.

Halina essaya de ne pas rougir. Inutile de mentir, il devait être évident qu'elle n'avait pas été invitée.

— Une idée comme ça. Une pulsion.

— Les meilleures idées proviennent souvent de pulsions.

— Chez vous aussi ? demanda-t-elle.

Cet homme commençait à la rendre nerveuse. Son cœur se mit à battre comme un fou. Elle se demanda même si son compagnon ne l'entendait pas cogner dans sa poitrine à travers son fourreau si moulant. Et ses mains étaient moites. Elle évita tout de même de les essuyer sur les côtés de sa robe.

— Mes pulsions ne se trompent jamais, répondit-il.

Incrédule et un peu amusée par sa prétention, elle rit nerveusement. Elle s'interrompit car une ombre était passée sur son beau visage, indéchiffrable et si furtive qu'Halina douta une seconde.

— Quelque chose vous inquiète ? lui demanda-t-elle toutefois.

Il s'était ressaisi très vite et sourit, dévoilant deux rangées de dents très blanches et bien plantées.

— Non, répondit-il. Rien.

Les portes ouvrirent directement dans le loft, et Halina se rendit compte que c'était la suite que sa mère avait voulu réserver. Le directeur, désolé, avait dû refuser puisque ces appartements étaient déjà retenus. Qui pouvait bien être ce Rico Falcone, pour que l'hôtel ait éconduit une reine ?

— Alors, où est-il, ce merveilleux champagne ? demanda Halina en pénétrant dans la suite.

La pièce était plongée dans le noir. La seule lumière provenait des grandes baies vitrées qui donnaient sur la ville.

Rico la regarda, l'air amusé.

— Êtes-vous bien sûre d'en vouloir encore ?

Ah non ! Il n'allait pas la traiter comme une enfant. Le menton levé, offusquée, elle déclara :

— Pourquoi pas ?

— Je ne veux pas que vous soyez ivre quand je vous ferai l'amour.

Elle se mit à trembler. Dehors, dedans, partout. Ses jambes flageolaient, ne la portaient plus.

— Qui vous dit que vous allez me faire l'amour ? lui lança-t-elle, bravache.

Aussitôt, une image s'imposa à elle, sensuelle, celle d'un serpent enroulé autour d'un autre serpent, comme deux corps enlacés, sur un drap de satin, éclairés par la flamme vacillante de bougies. Ses frissons redoublèrent ; frissons d'excitation, de plaisirs fantasmés.

— Moi, répondit Rico.

Il prit la bouteille de champagne qu'il avait mise à rafraîchir dans un seau à glace en argent près du canapé de cuir blanc.

— Sinon, pourquoi êtes-vous venue ici avec moi ?

Ses nerfs la trahissaient. Elle était dépassée. Complètement dépassée. En même temps, elle ne voulait pas partir. Pas si tôt, pas encore.

— Pour le champagne, s'exclama-t-elle en riant.

Elle était joyeuse. Et, finalement, elle se sentait bien dans ce grand espace éclairé par les hautes baies vitrées donnant sur la Ville éternelle et ses vieilles demeures parfois décrépies sur lesquelles la lune jetait un éclat blanc.

— Sur ce point, je peux vous être utile, plaisanta-t-il.

Il pencha la bouteille et en fit sauter le bouchon. Puis il remplit deux coupes et en donna une à Halina, qui but une gorgée. Elle s'amusa des bulles qui lui chatouillaient le bout de la langue.

Qu'allaient-ils faire maintenant ?

— Vous êtes vraiment suffisant. Vous ne devriez pas.

Ses mains étaient moites et son cœur battait fort, mais elle réussissait à feindre un soupçon de logique.

— Ah ? Et pourquoi ?

Son aplomb inébranlable étonnait Halina. C'était un trait de caractère qu'elle lui enviait, car elle avait beau paraître sûre d'elle aux yeux de ses amies de classe ou de ses sœurs, quand par exemple elle jouait devant elles une de ses pièces favorites, avec humour et espièglerie, dès qu'elle remettait les pieds dans la vraie vie, dans le monde réel, elle perdait toute confiance en elle.

— Parce que ce n'est pas agréable.

— Je ne suis pas d'accord.

Son assurance était comme une muraille infranchissable, sans une fissure où glisser un coin et fendre l'édifice. Elle insista pourtant :

— Vous pensez que c'est un atout d'être à ce point sûr de soi ? Ce n'est pas un peu ridicule ?

Rico haussa les épaules, comme si l'évidence de la réponse ne justifiait même pas la question.

— Bien sûr que c'est un atout.

— Pourquoi ?

— Parce que mon assurance repose sur du concret. Je suis comme je suis parce que je sais ce que je fais et, plus important encore, je sais ce que je veux et je fais ce qu'il faut pour l'obtenir.

Ses yeux brillèrent d'un éclat d'argent, comme une lame d'acier dans un rayon de lune.

— Et savez-vous ce que je veux maintenant, Lina ? reprit-il.

Un peu effrayée, excitée aussi par le danger qu'elle

entrevoyait, elle plaqua la main sur son cou, comme si ce geste pouvait l'aider à déglutir. Et à écarter le danger.

— Quoi ? demanda-t-elle.

— Vous.

Sans lui laisser le temps de formuler ne serait-ce qu'un début de réponse, il avait traversé la pièce et lui prenait sa coupe de la main. Halina ouvrit la bouche pour protester — elle n'avait pas fini son champagne —, quand il posa les mains sur ses épaules.

Puis il se pencha pour l'embrasser.

Un baiser. Son tout premier baiser. Un choc. Aussi violent que plonger la tête dans un bac d'eau glacée.

Halina se raidit. Se cabra. Tenta de reculer, mais Rico la tenait, la forçait à accepter les assauts de sa langue et de ses lèvres. Affolée par cette intimité soudaine, troublée aussi, elle finit par se laisser aller, émerveillée par le feu d'artifice qui explosait derrière ses paupières closes. Elle ne chercha plus à résister. Ses genoux fléchirent. Rico souriait contre sa bouche, satisfait de la réponse, évidente, ardente, qu'elle apportait à son assaut.

Enthousiasmée par le plaisir que provoquait sa bouche sur la sienne, Halina empoigna les revers en satin de sa veste de smoking. Tous les baisers étaient-ils comme ça ? Avait-on toujours l'impression de se noyer, d'être avalé par une spirale de plaisir, d'avoir tous les sens en folie ? Elle n'avait jamais rien vécu de pareil, et ce dont elle était sûre, c'était qu'elle voulait plus. Beaucoup plus que cet aperçu.

Se dressant sur la pointe des pieds, elle se plaqua contre lui.

Rico lâcha ses épaules pour lui enserrer la taille et la serra très fort pour lui faire percevoir l'intensité de son désir. À la fois choquée et excitée par ce qu'elle découvrait, Halina essaya de reculer. Elle n'avait jamais fait l'amour, mais elle savait le changement que le désir opérait sur un sexe d'homme. Impressionnée, presque effrayée par ce qu'elle suscitait, elle s'interrogea en silence : était-elle bien consciente de ce qu'elle faisait ? Ne préférait-elle pas arrêter ?

Soudain, Rico cessa de l'embrasser et, se passant la main dans les cheveux, recula. Il avait les joues rouges et haletait. Halina s'étonna qu'il soit aussi transporté qu'elle. C'était incroyable.

Comme ses jambes se dérobaient sous elle, elle empoigna le bord de la table. Rico s'était écarté d'elle deux secondes auparavant et déjà elle éprouvait un vide, un manque. Tout semblait froid, loin de lui. Elle se sentait tellement vivante quand il la touchait, l'embrassait. C'était magique. Cette sensation de plénitude ne pouvait pas finir de la sorte. Non, ils ne pouvaient pas en rester là.

Elle avait beau être inexpérimentée en amour et nerveuse, elle avait beau être naïve, elle savait qu'elle voulait plus. Qu'elle voulait tout. Ce n'était pas elle, c'était son corps qui réclamait. Il criait « encore ! » de toutes ses forces.

Les yeux plissés, Rico observa Lina. Son cœur cognait dans sa poitrine. Il avait été beaucoup plus touché qu'il ne voulait bien l'admettre. Quand il faisait l'amour, il restait toujours maître de lui, même au paroxysme du plaisir. Perdre le contrôle de son corps était une faiblesse qu'il méprisait. Il refusait d'être l'esclave d'une quelconque émotion. Il en avait décidé ainsi longtemps auparavant, après qu'une personne s'était éloignée de lui, le laissant sur le flanc, le cœur en miettes. Ce jour-là, il l'avait pensé et se l'était juré : « Plus jamais ça ! » Jamais plus il ne se laisserait démolir. Il ne s'autoriserait pas même une seconde de chagrin. Jamais il ne céderait à la plus faible des émotions, l'amour et ses tourments.

Il laissa son regard s'attarder sur le visage de Lina, sur ses pommettes encadrées par ses boucles noires un peu ébouriffées. Elle avait les joues rouges et les lèvres gonflées. La main posée sur le cœur, visiblement troublée, elle ne cherchait pas à cacher son émoi. C'était une posture qu'elle ignorait, apparemment. En cela aussi elle différait des femmes qu'il fréquentait d'habitude.

Ces femmes-là étaient belles et intraitables, aussi déterminées à obtenir de lui un maximum d'argent qu'impatientes de finir dans son lit. Il leur donnait du plaisir, il en était certain. Pour autant, elles ne répondaient pas à ses étreintes avec la même fougue que Lina. Celle-ci s'offrait en toute innocence, sans frein et sans arrière-pensée, heureuse de prendre du plaisir et de lui en donner. Tout simplement.

— Qu'y a-t-il ? demanda-t-elle. Pourquoi me regardez-vous comme ça ?

— Comment vous regardé-je ?

— Comme si j'étais une énigme que vous essayiez de résoudre.

Il ne put s'empêcher de rire. Elle avait raison, il la dévisageait avec curiosité car il n'était pas habitué à ce genre de personnage.

— Oui, je vous regarde *comme ça* parce que vous m'intriguez.

Plus qu'il ne l'aurait voulu, d'ailleurs. Il ne prêtait pas intérêt aux femmes qu'il mettait dans son lit. La seule chose qui l'intéressait chez elles, c'était leur appétit érotique et sexuel. Or il décelait chez Lina, dans sa réponse sans retenue à ses baisers, matière à réflexion. Elle était, semblait-il, comme il était lui-même jusqu'à ses neuf ans. Cette année-là, il avait compris, dans la douleur, qu'on pouvait balayer d'un revers de main une promesse et briser des rêves. Oui, elle paraissait pure, naïve, innocente, et cela le faisait réfléchir. Il ne voulait pas d'innocence chez ses partenaires sexuelles. Il avait eu trop de rêves piétinés pour s'autoriser à piétiner ceux des autres.

— Je ne pense pas être si compliquée, dit-elle en riant.

Sa voix qui tremblait et cette façon de se mordiller les lèvres redoublèrent la curiosité de Rico.

— Dites-moi, que cherchiez-vous, ce soir, à la soirée ?

Apparemment étonnée qu'il change aussi subitement de sujet, elle écarquilla les yeux.

— Rien. J'essayais d'entrer, c'est tout, répondit-elle en haussant les épaules. Je n'avais pas d'invitation, comme vous l'avez compris.

— Cela vous arrive souvent d'essayer de vous incruster dans des soirées auxquelles vous n'êtes pas invitée ?

— Non, pas souvent, dit-elle, soutenant son regard.

— Mais pourquoi cette soirée-là, alors ?

Un froncement de sourcils, ses yeux qui clignaient : elle cachait quelque chose. Mais quoi ? Rico s'était déjà dit qu'il avait peut-être affaire à une croqueuse de diamants, à une maîtresse en quête d'un très riche amant à dépouiller. Que pouvait-elle bien dissimuler qui l'intrigue à ce point ?

— Pourquoi pas cette soirée ? rétorqua-t-elle. Ça avait l'air fun.

— Vous espériez rencontrer quelqu'un en particulier ?

Elle fit la moue.

— J'espérais m'amuser.

Rico s'éloigna. Il s'en voulait d'avoir trop insisté. Il lui en voulait de ses non-réponses. Pourquoi cherchait-il à savoir dans quel but elle était venue à cette soirée ? Au fond, il n'en avait strictement rien à faire. Jamais il ne s'était soucié de ce genre de détails. D'ailleurs, il ne recommencerait pas.

Pour l'instant, elle était dans sa suite, avec sûrement une bonne raison. Quand elle l'avait embrassé, bien maladroitement, elle s'était montrée ardente et lui avait paru sincère. Apparemment, elle était prête à aller plus loin. Et lui aussi. C'était tout ce qui comptait, non ?

Bizarrement, Rico avait eu l'impression qu'elle n'avait jamais été embrassée. Elle était tellement ravie, tellement ouverte… Sa naïveté l'avait emballé. Mais était-elle vraiment aussi naïve ? Elle ne serait pas dans sa suite si elle l'était autant !

— J'ai bu tout mon champagne, s'exclama-t-elle.

Rico se retourna. Lina lui tendait son verre vide. Après une brève hésitation, il le remplit. Avant de le porter à ses lèvres, elle lécha les gouttes tombées sur sa main et se mit à rire. Elle le faisait avec un tel naturel que ça ne pouvait pas être de la comédie. De la part d'une autre femme, de celles qu'il côtoyait habituellement, il n'y aurait pas cru. Il y aurait vu un manège pour tenter de le piéger. Mais personne ne piégeait jamais Rico Falcone !

— *Tchin*, dit-elle en levant son verre.

Il la regarda, de plus en plus intrigué.

— *Tchin*, répondit-il, bien qu'il ait reposé son verre.

Lina abaissa lentement sa coupe et le regarda par-dessus le bord.

— Il… Il est temps que je m'en aille, dit-elle.

Décidément, cette fille était un mystère. Cherchait-elle à se faire désirer ou fallait-il vraiment qu'elle parte ? Il n'avait aucune envie de la voir le quitter. C'était un sentiment nouveau pour lui et très agaçant.

— Vous voulez vraiment partir ?

Elle s'arrêta, sortit la langue pour cueillir une bulle de champagne sur sa lèvre et hocha la tête.

— Non… Non, pas du tout. Mais il vaudrait mieux.

— Ah ?

— Oui. Vous êtes un homme dangereux, non, monsieur Falcone ?

Elle posa son verre sur la table basse.

— Et vous n'êtes pas de mon monde.

Voilà qui est franc ! songea Rico.

— Je ne suis pas dangereux quand on sait à quoi s'attendre.

— Ah ? À quoi ?

— À un moment merveilleux. Et ensuite, *good bye* !

Il ne dérogeait jamais. On ne l'abandonnerait plus, il ne regarderait plus jamais quelqu'un s'en aller, le laissant en miettes, le cœur brisé. Non, depuis longtemps c'est sourire aux lèvres qu'il regardait les gens partir, parce qu'il contrôlait tout. Absolument tout.

Lina hocha doucement la tête.

— C'est ce qu'elles disaient, les femmes dans les toilettes.

Il s'approcha d'elle.

— Elles sont prévenues. Un homme averti en vaut deux, comme on dit.

— Elles disaient que vous les *viriez* de votre lit dès que… dès que…

— Ça dépend de qui.

Rico se tenait devant sa proie et sentait sa chaleur, son désir. C'était communicatif. Elle tremblait. Il avait l'impression d'être avec elle au bord d'un précipice et qu'il suffisait que l'un d'eux fasse un pas pour que l'irrémédiable se produise.

— Je devrais vraiment partir, répéta-t-elle.

— Ne jouez pas ce jeu-là avec moi, Lina. Je déteste ce genre de simagrées. Si vous voulez partir, partez !

Les yeux mi-clos, elle le défiait. Il fit un geste en direction de l'ascenseur. Elle ne bougea pas. De toute manière, il l'aurait retenue.

— Vous êtes complètement fou, dit-elle tout bas.

— Pourquoi ?

— Je ne vous connais même pas. Et vous non plus.

— Nous en savons assez, non ?

— Vous peut-être.

Elle cligna des yeux. Elle semblait se livrer à un combat intérieur. Pourquoi était-ce si important pour elle de partir ? Elle venait à une soirée. Montait avec lui. Avait-elle subitement un sursaut de moralité ? C'était dépassé de nos jours. Soudain, elle planta le regard dans le sien et déclara :

— Je reste.

3.

Halina n'était pas naïve au point d'ignorer ce qu'il allait se passer. Son cœur battait à un rythme fou, elle était très excitée, mais peu importait la folie de ce qui allait suivre, elle voulait vivre. Son existence de princesse docile, soumise aux diktats de son père le sultan, avait été anéantie par l'acte absurde du prince Zayed. Après ce qu'il avait fait, elle ne l'épouserait pas. Peut-être même n'épouserait-elle personne. Alors pourquoi ne pas s'amuser le temps d'une nuit ? Une nuit à elle, pour prendre du plaisir. Elle en subirait les conséquences, si conséquences il y avait. Avec un peu de chance, son escapade passerait inaperçue.

— Vous êtes sûre ?

Il la sonda d'un regard étonné. Elle le soutint. Savait-il à quel point elle était innocente ? Se doutait-il qu'il lui avait donné son premier baiser ? Qu'il serait son premier en tout ? Elle n'allait pas le lui avouer, de peur d'être ridicule. De peur aussi qu'il la repousse.

Elle le fixa. Elle se sentait effrontée.

— Oui, j'en suis sûre.

Ce qu'elle faisait était énorme. Elle allait perdre sa si précieuse virginité pour se donner à un homme qui lui avait dit clairement qu'il ne voulait rien d'elle excepté faire l'amour.

Dans le fond, c'était peut-être aussi bien qu'il n'attende rien d'elle. Ainsi, il n'y aurait pas de complications, pas de promesses, pas d'engagement, rien. Ce qu'elle voulait, après cette vie passée à attendre, c'était que quelque chose se produise enfin. Elle en avait besoin. Et tant pis pour elle si elle s'en sortait avec le cœur brisé ou simplement déçue. Elle aurait vécu.

— Lina. Si vous en êtes sûre, venez ici.

Elle avança vers son futur amant, les jambes flageolantes.

— Enlevez votre robe.

Son cœur battait si fort qu'il lui faisait mal. Allait-il lui demander de faire ça *maintenant* ?

— Eh bien ? insista-t-il, haussant les sourcils.

Il la testait, comprit Halina. Si elle ne s'exécutait pas, il saurait qu'elle bluffait. Il se moquerait d'elle et la renverrait à la soirée. Alors, les yeux rivés à ceux de Rico, elle passa les bras derrière son dos et descendit la fermeture Éclair de son fourreau. Sa robe glissa de ses épaules, la dénudant jusqu'à la taille. Ses seins étaient serrés dans un soutien-gorge blanc basique à mille lieues des petits dessous sexy qu'elle aurait préférés. Halina se demanda ce qu'il lui arrivait. Elle ne se reconnaissait pas dans cette femme hardie. C'était sûrement le champagne qui la désinhibait. Ou alors… Peut-être avait-elle follement envie de cet homme ?

Elle leva le menton vers Rico, bravache.

— Eh bien ? lança-t-elle. Enlevez votre chemise.

Son ton péremptoire le fit éclater de rire. Il dénoua sa cravate et la jeta à terre, puis il déboutonna sa chemise de smoking. En remuant les épaules, il laissa glisser veste et chemise. Son buste apparut alors, athlétique, superbe. Un duvet noir et bouclé dessinait un grand V sur sa peau bronzée et descendait jusqu'à la ceinture de son pantalon de soirée.

— Touchez-moi, dit-il d'une voix grave.

Curieusement, sa demande n'avait pas les accents d'un ordre.

Tout doucement, Halina posa la main sur son torse. Sa peau était chaude, ses muscles durs et bombés et, dessous, battait un cœur emballé. Sans un mot, Rico posa la main sur la sienne et ne bougea plus. Ni l'un ni l'autre ne parlèrent plus. Seuls leurs souffles emplissaient l'espace.

Halina ne s'était jamais sentie aussi proche d'un être humain. C'était à la fois intime et intense. Excitant.

Rico enserra son poignet et l'attira à lui. Ses hanches et ses seins se retrouvèrent plaqués contre lui. Troublée, elle inspira une grande bouffée d'air. Il baissa la tête, approcha la bouche de la sienne, et leurs respirations se fondirent en un seul souffle. Le monde autour d'eux sembla s'évanouir.

Les yeux fermés, Halina attendait le baiser. Ne sentant que l'haleine tiède de Rico sur ses lèvres, elle rouvrit brusquement les yeux. Il était là, devant elle, immobile.

— Rico ?

Comme tombé d'une lointaine planète, il remua la tête et la serra encore plus fort. Puis il fit glisser sa robe à ses pieds et, sans attendre, happa sa bouche. Aussitôt, encouragée par l'ardeur de son baiser, Halina plongea les mains dans ses cheveux et répondit à son baiser avec la même fougue.

Sans la lâcher, Rico la guida vers la chambre de sa suite. Déséquilibrée par ses stilettos et sa robe entortillée autour de ses chevilles, elle faillit trébucher. Alors il la prit dans ses bras et l'emporta comme s'il avait porté un oreiller de plumes.

Arrivé dans la chambre, où régnait une douce pénombre, Rico la déposa sur le drap de soie noire du lit. Elle n'avait plus que son soutien-gorge, ses bas et sa culotte, mais, étrangement, elle n'était pas gênée.

Debout à côté du lit, Rico commença à se déshabiller. Il défit son pantalon qui glissa doucement sur ses chevilles, découvrant un boxer noir qui ne cachait rien de son désir.

— Vous êtes très belle, dit-il.

Ce n'était sûrement pas quelqu'un à perdre son temps en flatteries inutiles, alors Halina le crut.

— Merci, murmura-t-elle.

Rico se pencha sur elle et lui enleva ses bas. Quand

ses longs doigts lui effleurèrent les cuisses, elle frissonna. Seigneur, c'était formidable ! Et tellement nouveau ! Était-ce toujours comme ça ?

Il posa alors les mains sur ses épaules, un genou de chaque côté de ses hanches. Il l'encadrait de son corps. C'était une étrange impression. Celle d'être prisonnière et en même temps protégée. Ses frissons redoublèrent. Elle voulut parler mais aucun son ne passa la barrière de ses lèvres. Qu'allait-il faire d'elle maintenant ? Elle brûlait d'impatience.

Il baissa la tête vers son visage, prit sa bouche, la lâcha pour descendre plus bas et lui embrasser le nombril, ce qui lui arracha un « oh ! » de surprise. Puis il continua, plus bas. Non ! Il n'allait tout de même pas… ?

Mais si ! Il glissa un doigt sous l'élastique de sa culotte et l'envoya rejoindre les bas. Elle était nue maintenant, à la merci de cet inconnu, stressée par cette situation. D'autres émotions la secouaient : incrédulité, fébrilité, excitation, embarras.

Brusquement, elle se cambra. Rico la caressait de la langue, sur tout le corps, et il l'embrassait, la mordillait n'oubliant aucun pli, aucun creux, aucun recoin. Encouragé sans doute par ses frémissements, ses petits cris de surprise et de plaisir, il multipliait des gestes de plus en plus intimes. Il connaissait le corps des femmes, savait où toucher, où appuyer pour les faire réagir.

— Rico…, gémit-elle.

Ses hanches se soulevaient au rythme des assauts de sa langue. Elle répéta son prénom comme une supplique, ce qui sembla encourager son merveilleux amant. Il releva la tête, glissa les mains sous ses fesses et la souleva pour accéder plus facilement à ce qu'elle avait de plus secret. Folle de désir, de l'envie d'être à lui, tout de suite, Halina ne se sentait plus ni embarrassée ni à sa merci ; elle le voulait en elle.

Rico s'allongea sur elle et se releva sur les coudes. Il haletait, le regard fiévreux.

— C'est sans risque ? demanda-t-il d'une voix rauque.

Halina écarquilla les yeux. Quels risques ? Bien sûr qu'elle risquait gros ce soir en étant ici avec lui. Mieux valait ne pas le lui dire car, à coup sûr, il la jetterait dehors. Sa nuit de liberté en resterait là, ce serait fini pour elle. Maintenant que sa soirée avait commencé, et de si belle manière, il n'était pas question de l'abréger.

— Non, non, il n'y a pas de risque.

Rico hocha la tête, l'air satisfait, et du bout du gland commença à jouer avec l'orée de sa féminité. Quand il entreprit de la pénétrer, Halina sursauta. Elle empoigna ses épaules et y planta les ongles.

— Rico…

Elle sentait qu'il prenait son élan pour donner son premier coup de reins quand il s'arrêta brusquement, l'air terrifié et incrédule.

— Tu… Tu es vierge ?

Rico se redressa, en nage, essayant de maîtriser une excitation à son paroxysme. Non, Lina ne pouvait être vierge, c'était impossible…

— Oui, dit-elle pourtant. Mais qu'est-ce que ça peut faire ?

Nom d'un chien ! Il ne s'attaquait pas aux jeunes filles naïves. Ayant été lui-même victime de sa propre naïveté, il s'interdisait de déchirer le voile de l'innocence d'une jeune femme, question de principes. Or c'était précisément ce qu'il s'apprêtait à faire…

Il avait bien noté plusieurs détails qui lui avaient mis la puce à l'oreille, mais il avait préféré les ignorer. Il s'écarta d'elle, tiraillé entre colère et frustration.

— C'est important.

— Non.

Lina passa les jambes autour de ses hanches, et ondula contre son érection. Rico serra les dents. Aucun mâle normalement constitué ne pouvait résister à une telle caresse.

— Vous avez dit que vous alliez me faire l'amour. Vous devez tenir votre promesse.

Sur ces mots, elle serra les jambes encore plus fort. Incapable de résister — il n'était pas un saint —, Rico, d'un mouvement sec et puissant, la pénétra de toute sa longueur, lui arrachant un cri. Il se maudissait, la maudissait en même temps, mais Dieu que c'était bon de voir sur son visage se succéder les émotions — douleur, incrédulité et maintenant plaisir.

Ce n'était pas trop tard. Il fallait en rester là et l'envoyer au diable. Une vierge, la catastrophe !

Et pourtant elle se détendait sous ses assauts, haletait, vibrait. Il venait d'avoir un avant-goût du paradis et il aurait fallu s'en priver ? Non, ce n'était pas possible. Refusant d'écouter sa raison, qui lui disait de ne pas continuer, Rico se retira… pour mieux replonger en elle. Le visage de Lina arborait une expression de tendresse ; son regard se voilait.

— Viens…, lui susurra-t-il.

Il accéléra le rythme de ses va-et-vient et, tout en la pénétrant, il lui caressait du pouce le clitoris.

— Oh oui ! s'écria-t-elle en s'ouvrant totalement.

Rico était proche de l'extase. Avait-il déjà connu un tel plaisir ? La tête en arrière, il s'arqua et, dans un râle, s'abandonna entièrement et explosa en Lina, anéanti par le plaisir qu'il venait de prendre.

Plusieurs secondes passèrent. Dans le silence.

Toujours sans parler, Rico roula sur le côté et, un bras sur les yeux, repensa à ce qu'il venait de se passer. Il n'avait pas su se contrôler. Pour quelques secondes de plaisir, il avait pris un risque. Il n'était pas aussi fort qu'il voulait s'en persuader. Restait à espérer qu'il n'ait pas à le regretter.

— Pourquoi es-tu montée dans ma suite alors que tu étais vierge ? demanda-t-il finalement. Tu savais ce que je voulais, je ne m'en étais pas caché.

Elle remonta le drap sur elle.

— Heu…

Rico ôta le bras de ses yeux et se tourna vers elle. Elle avait les joues roses, les yeux brillants et doux.

— C'était ce que tu voulais ? insista-t-il. C'est pour cela que tu piétinais à l'entrée de la soirée : tu m'attendais ?

— Non, pas toi en particulier.

Son ego en prit un coup, mais la franchise de Lina le fit rire. Il n'était pas habitué à pareille honnêteté.

— N'importe quel homme aurait fait l'affaire, c'est ça ?

Elle se mordit la lèvre et détourna les yeux.

— C'est horrible, ce que j'ai dit.

Elle s'assit dans le lit sans prendre la peine de remonter le drap sur ses seins. Ils étaient ronds, pleins et appelaient les baisers. Rico se retint. Bien qu'elle l'ait vexé avec son excès de franchise, il avait toujours envie d'elle.

— Il n'empêche, c'est ce que tu viens de dire.

Elle enroula le drap autour de ses épaules.

— Qu'est-ce que ça peut te faire ? demanda-t-elle. D'après les femmes que j'ai entendues dans les toilettes, tu devrais me montrer la porte. Tout de suite.

— C'est ce que tu veux ? s'agaça Rico.

Il était en colère, sans trop savoir pourquoi.

— Tu m'avais prévenue que je n'avais rien à attendre de toi. Finalement, j'en ai eu plus que ce que je pensais.

Pour autant, cela ne semblait pas la rendre heureuse, nota Rico. Il était énervé, se demandait pourquoi il ne la congédiait pas. Quelque chose le retenait. Il voulait des réponses. Il la voulait *elle*, aussi.

— Avec toi, c'est différent, dit-il. Parce que tu étais vierge.

Lina écarquilla les yeux.

— C'est mon problème, pas le tien !

— Tu devais me le dire. Je n'aurais jamais couché avec toi !

— C'est pour cela que je me suis tue.

Elle était désarmante. Rico enfila son pantalon.

— Tu as dit que c'était sans risque.

Derrière lui, Lina ne pipa mot.

— Je te demandais si tu prenais la pilule, reprit-il.

— Non, tu m'as demandé s'il y avait un risque. Moi, j'ai compris autre chose que la pilule.

Exaspéré par sa naïveté, il explosa :

— N'importe quelle femme dans cette situation aurait compris, bon sang !

Il prit une grande inspiration et souffla lentement.

— Tu es en train de me dire que tu ne prends pas la pilule, c'est ça ?

Pourquoi l'aurait-elle prise puisqu'elle était vierge ? songea Rico.

— Je t'en prie, dis-moi que tu prends un contraceptif !

Elle haussa les épaules, faisant danser ses cheveux autour de son visage.

— D'accord, je prends la pilule.

— Tu mens.

— Tu me demandes de le dire, je t'obéis.

Rico lança une bordée de jurons.

— Je ne te demande pas de mentir ! Je ne te comprends pas, ajouta-t-il en se frottant la joue.

— Tu n'as pas besoin de comprendre.

Un autre soir, il se serait précipité sous la douche sans se soucier de la partenaire avec laquelle il venait de coucher. Et quand il serait sorti de la salle de bains, elle n'aurait plus été là. Qu'y avait-il de si différent, cette fois ?

— Si tu ne prends pas la pilule, tu cours le risque d'être enceinte.

Elle ne répondit pas.

— Bon sang, Lina, mais c'est important !

— Ce n'est pas ton problème.

— Si, justement. C'est mon problème, répondit Rico.

Il n'abandonnerait jamais son enfant comme on l'avait abandonné. Plutôt mourir.

— Si tu attends un enfant de moi, ça me concerne, ajouta-t-il.

Elle pâlit.

— Tu n'y avais pas pensé ? Tu n'as pas pensé que

tu risquais de tomber enceinte en faisant l'amour sans protection ?

— Pas vraiment. Enfin… Non, pas du tout en fait.

Assise dans le lit, très pâle, le drap remonté sur la poitrine, les cheveux défaits, elle semblait très jeune et incroyablement vulnérable. Rico se demanda comment il avait pu penser qu'elle était expérimentée, qu'elle était comme les autres femmes avec lesquelles il couchait. Elle était tout le contraire.

— Quel âge as-tu ? demanda-t-il brusquement.

— Vingt-deux ans. Tu n'as donc pas de souci à te faire.

— Pour l'instant et…

Un bourdonnement soudain l'interrompit. Lina le dévisagea, l'air interrogateur.

— Quelqu'un appelle l'ascenseur, expliqua-t-il. Je ne vois pas qui pourrait vouloir monter.

Le bourdonnement reprit, insistant. Celui ou celle qui appelait l'ascenseur voulait *vraiment* monter. Qui donc pouvait vouloir le trouver à cette heure ?

4.

Halina regarda Rico quitter la chambre en enfilant sa chemise. Elle sortit du lit et prit sa robe. Il fallait qu'elle s'en aille, vite, avant que sa mère ou Abdul s'aperçoivent de son absence. Avant, aussi, de fondre en larmes devant Rico.

Comment avait-elle pu être aussi stupide ?

Se rhabillant à la va-vite, elle repensa à tout ce qui s'était passé. Rico Falcone l'avait ensorcelée. Dans ses bras, elle avait perdu la tête. Les femmes dans les toilettes avaient raison : il faisait l'amour comme un dieu. Ce qu'elle venait de vivre était fantastique et dépassait tout ce qu'elle avait pu imaginer.

N'empêche, elle en était consciente maintenant, elle avait été imprudente. Peut-être venait-elle de compromettre son avenir, pour une seule nuit de plaisir…

Soudain, la voix de Rico résonna :

— Qu'est-ce que vous faites ?

Halina releva la tête et resta bouche bée. Son garde du corps, Abdul, entrait dans la chambre.

— Venez, Votre Altesse, lui dit-il en arabe.

Interdite, la bouche sèche, elle se passa la langue sur les lèvres.

— Abdul ! Comment as-tu… ?

— S'il vous plaît, Votre Altesse. Venez. Votre mère vous attend.

— Ma mère sait que… ?

Elle s'interrompit en voyant Abdul hocher la tête de haut en bas. Seigneur ! Non seulement elle n'était plus vierge et risquait d'être enceinte, mais elle allait devoir affronter la colère et la déception de ses parents.

Debout à la porte, Rico s'impatientait, l'air furieux.

— Qui est-ce, Lina ? demanda-t-il.

Son visage était crispé, sa chemise déboutonnée, ses yeux lançaient des éclairs.

— Il faut que je parte, dit Halina, toujours aussi abasourdie.

Elle devait quitter cette pièce, tout de suite, avant de s'évanouir de peur ou de pleurer. Rico jura et s'approcha d'elle.

— Ne la touchez pas ! ordonna Abdul.

Rico se retourna, poing en l'air, prêt à frapper.

— Pardon ? lança-t-il entre ses dents serrées.

— S'il te plaît, Rico, laisse-moi passer.

Des papillons dansaient devant ses yeux. Elle avait besoin de sortir, besoin d'air.

Rico lança un regard assassin à Abdul, impassible près de la porte.

— Qui est-ce ? Qui est-il pour toi ? insista Rico.

— Personne, répondit Halina. Il ne m'est rien. C'est un de mes gardes.

— De tes gardes ?

— Partons, dit Abdul en s'avançant.

Malgré son mètre quatre-vingt-dix de muscles, il n'insista pas quand Rico lui barra la route.

— Nous n'en resterons pas là, Lina, lui dit-il d'une voix étrange où se mêlaient colère et comme de la tendresse.

— Il le faudra, pourtant, murmura-t-elle.

Rico s'effaça pour les laisser passer. Halina se précipita vers l'ascenseur, pressa un bouton et les portes s'ouvrirent. Suivie d'Abdul, elle s'engouffra dans la cabine et souffla.

Tout ce qui l'animait encore un instant plus tôt — le courage, le défi, son excitation — était anéanti. Elle n'était plus que peur et remords. Elle ignorait encore ce qu'il allait lui arriver, mais elle savait qu'elle ne l'aurait pas volé.

Elle jeta un coup d'œil à Abdul, qui regardait droit devant lui, le visage toujours aussi impénétrable.

— Comment m'as-tu trouvée ? demanda-t-elle.

— Ce n'était pas difficile, Votre Altesse.

— Mais comment as-tu su que j'étais partie ?

— Je fais des rondes dans les chambres toute la nuit.

Elle qui se croyait tellement intelligente ! Abdul s'était rendu compte de son absence. Il était descendu. Avait interrogé le videur de la soirée, la lui avait décrite. Il les avait effectivement repérés, Rico et elle. C'était enfantin.

— Ma mère… ? commença-t-elle.

Abdul secoua la tête. Halina comprit qu'il ne dirait pas un mot de ce qui l'attendait.

Aliya avait dû percevoir des pas car elle ouvrit brusquement sa porte. Les yeux plissés jusqu'à n'être plus que deux fentes, raide de colère et d'inquiétude, elle fit entrer sa fille.

— Laisse-nous, ordonna-t-elle à Abdul.

Halina n'avait jamais vu sa mère dans cet état. Elle ne la connaissait qu'insouciante et charmante, son rire cristallin résonnant dans les salles du palais d'Abkar. Pour l'heure, elle ressemblait à n'importe quelle femme très, très en colère.

— Je n'arrive pas à croire que tu aies pu être aussi sotte ! attaqua Aliya. Et aussi imprudente. C'est la première nuit que nous passons loin d'Abkar, la première ! Et tu te déshonores complètement. Il me suffit de voir l'état de ta robe pour m'en convaincre.

Elle détailla Halina des pieds à la tête : fourreau froissé, pas de collant, cheveux défaits, lèvres gonflées.

— Et ta mine ! ajouta sa mère avec mépris.

— Pardon, maman, répondit Halina, au bord des larmes.

Elle ne pouvait pas en vouloir à sa mère, car celle-ci avait raison.

— J'ai toujours su que tu étais impulsive, poursuivit Aliya. Depuis que tu es toute petite, tu cours après tes rêves. Tu ne fais que ce que tu aimes.

— Ce n'est pas vrai, protesta Halina. Et c'est injuste !

Elle voulait bien admettre qu'elle avait été gâtée. Pour

autant, sa vie n'avait pas toujours été très drôle. Trop d'interdits, peu d'occasions de s'amuser, d'être elle-même. Cela ne justifiait pas qu'elle fasse des bêtises mais les expliquait un peu.

— Injuste ? s'écria Aliya. Tu oses employer ce mot ?

Elle s'éloigna, puis s'arrêta, le dos tourné.

— Que vais-je dire à ton père ? J'imagine sa colère. Ton attitude va le dévaster. Te rends-tu compte que tu bouleverses tous nos plans ? Nos alliances politiques qui sont si importantes ?

La gorge serrée, Halina ravala ses larmes. Elle détestait l'idée de décevoir son père. Pourquoi, mais pourquoi diable avait-elle agi de la sorte ? Pourquoi s'était-elle laissé séduire ? Ce Rico Falcone avait-il une telle emprise sur les femmes ? Sur elle ?

Elle renifla. Oui, il avait eu un incroyable pouvoir sur elle. Et elle s'était volontiers laissé faire. Dans sa détresse, elle faillit sourire. Elle avait adoré ce que le bel Italien lui avait fait découvrir, ce plaisir enivrant, cette perte totale de contrôle et une hardiesse qu'elle ne soupçonnait pas chez elle.

Aliya se retourna lentement.

— Qui est cet homme ? Comment l'as-tu croisé ? C'était prémédité ?

— Je…, bafouilla Halina. Non, ce n'était pas prémédité. J'ai… J'ai eu peur.

— Peur ? Cet homme t'a fait peur ?

— Non, ce n'est pas ça.

Elle hésita. Elle avait les idées confuses.

— C'est l'enlèvement d'Olivia. Cela m'a fait prendre conscience que je n'avais aucune expérience de la vie, que je n'avais jamais eu l'occasion de m'amuser.

— De *t'amuser* ? s'exclama sa mère. Tu voulais *t'amuser* ? Je n'en crois pas mes oreilles !

Halina haussa les épaules. Elle devait paraître bien futile.

— Je voulais juste aller à une soirée. Voir autre chose, me sentir… vivante.

Aliya hocha la tête.

— Tu es une enfant, Halina. As-tu pensé aux conséquences ?

— Je ne voulais pas aller aussi loin.

Peut-être, mais tu n'y as pas été contrainte. Rico t'a laissé le choix. Tu aurais pu partir.

— Jusqu'où es-tu allée ? demanda sa mère. À en juger par ta mise et par ton regard, je crains le pire.

La gorge trop serrée pour parler, Halina ne pipa mot.

— Je n'en reviens pas, recommença Aliya à voix basse. Pourrais-tu te retrouver enceinte ? Est-ce une possibilité ?

— Non !

Instinctivement, le déni, le mensonge. Elle ne voulait pas croire qu'elle puisse être enceinte. Ce n'était pas possible, elle ne le voulait pas.

Sa mère se retourna lentement.

— Parce que si tu étais enceinte, dit cette dernière, il faudrait que tu t'en débarrasses. Je sais, cela peut paraître cruel, mais compte tenu de notre rang nous ne pouvons être l'objet d'un scandale. Cette situation ferait peser la honte sur notre famille et éloignerait les prétendants potentiels de tes sœurs.

Halina soutint le regard pourtant impitoyable de sa mère. S'en débarrasser ? Jamais ! Elle n'avait peut-être plus d'avenir, elle risquait de ruiner celui de ses sœurs — et elle le regretterait —, mais elle ne se « débarrasserait » pas de cet enfant, si enfant il y avait…

— Ça sûrement pas ! rétorqua-t-elle.

Bouleversée, le cœur en lambeaux, la tête à l'envers, elle se mit à trembler de tous ses membres. Son avenir n'avait jamais été aussi incertain. Elle n'avait pas la moindre idée de ce qui l'attendait.

Incapable de se concentrer sur le dossier posé sur son bureau, Rico regardait le paysage noyé dans la brume. Rome étouffait dans la chaleur liquide de l'été. Il n'avait qu'une chose à faire : relire les termes du contrat et signer. Son projet immobilier serait réglé. Or son cerveau était ailleurs. Comme il n'avait cessé de l'être ces deux derniers mois, depuis que Lina avait quitté sa suite, drapée dans sa honte.

Il n'avait pas eu de mal à découvrir qui elle était : la princesse Halina d'Abkar, gentil toutou gâté par son père, client régulier de l'hôtel où la soirée avait lieu, fiancée à Zayed al-bin Nur, prince de Kalidar. Que la jeune femme qu'il avait déflorée ait été déjà promise à un autre doublait le poids qui pesait sur ses épaules.

On le considérait comme froid et sans pitié, on l'avait même accusé de cruauté, mais il se voulait un homme d'honneur ; or, en lui mentant, Halina l'avait conduit à violer son code de moralité. Il avait toujours respecté les règles qu'il s'était fixées à l'époque où, orphelin, il avait décidé de vaincre le désespoir et la pauvreté, de devenir meilleur que ceux qui l'entouraient. Il ne mentait pas, ne volait pas, ne trichait pas. Il ne le ferait jamais. Mais en mettant Halina dans son lit, il avait fauté ; et il ne se le pardonnait pas.

Il ne s'était pas encore vraiment demandé s'il l'excusait ou pas pour son mensonge. En revanche, il devait savoir où elle était, et surtout si elle était enceinte. Si tel était le cas, il s'occuperait de son enfant. Son sang. C'était une certitude. L'idée qu'un bébé puisse être rejeté par sa mère, comme lui l'avait été, lui paraissait inacceptable. Il ne se comporterait pas ainsi.

Le lendemain du jour où Halina avait quitté sa suite, Rico avait engagé un détective privé pour la retrouver, savoir ce qu'elle faisait et, surtout, si elle attendait son enfant.

La pensée qu'elle soit enceinte et épouse un autre homme le taraudait. Les jours avaient passé sans qu'il obtienne de réponse. Il avait commencé à craindre qu'un simulacre de mariage n'ait déjà eu lieu. Si un autre élevait son enfant, le faisait passer pour le sien, il ne répondrait plus de rien.

Rico serra les poings. Un goût amer de bile dans la bouche le fit grimacer. Il n'avait jamais eu de nouvelles de l'enquêteur qui s'était rendu à Abkar en quête d'informations. Ce qu'il savait, c'était qu'Halina était retournée dans son pays le lendemain de leur rencontre et qu'on ne l'avait pas revue depuis. Les journalistes la pensaient plus ou moins enfermée dans le palais royal. Leurs tentatives pour obtenir des renseignements ou entrer dans le palais avaient échoué. Rico ignorait donc tout de la suite des événements.

Il quitta la fenêtre pour faire les cent pas dans son bureau. Il était peu probable qu'Halina soit enceinte. Il ne la reverrait donc sans doute jamais. Il repensa à sa propre histoire, qui expliquait probablement pourquoi il était si perturbé. À l'époque, sa mère était serveuse, son père docker à Salerne. Ils avaient passé une nuit ensemble, et l'improbable s'était produit : Rico était né, non désiré. Selon son père, sa mère les avait *abandonnés* tous les deux quand Rico avait deux semaines. Elle n'était jamais revenue. Il avait été une erreur, il avait dérangé ; cette douleur ne s'apaiserait jamais, et il n'admettrait pas que son enfant endure la même.

— *Signor* Falcone ? crépita la voix de son assistant dans l'Interphone. Un certain *signor* Andretti veut vous voir.

Andretti ? Le détective privé engagé il y a un mois ?

— Faites-le entrer.

Quelques instants plus tard, l'homme pénétrait dans le bureau de Rico.

— Alors ? demanda Rico. Du nouveau ?

— Le mariage avec le prince Zayed de Kalidar a été annulé. La princesse Halina aurait refusé de l'épouser. Il reste donc marié avec la gouvernante qu'il a kidnappée par erreur.

Rico avait vaguement entendu parler de cette histoire : un fiancé qui se trompe de femme, l'enlève et l'épouse à la hâte. Une erreur stupide que même le plus mauvais réalisateur n'aurait pas osé raconter dans un film de série B.

— Qu'est devenue la princesse ?

— Elle vivrait dans une résidence royale au nord d'Abkar. Loin de tout.

— Vous en êtes sûr ?

Andretti haussa les épaules.

— J'ai soudoyé une servante du palais. Elle m'a dit que la princesse était partie voici environ un mois et qu'elle séjournerait là-bas pendant un certain temps. Neuf mois au moins.

Neuf mois ! Rico faillit s'étrangler de surprise. Elle devait être enceinte et ne lui avait rien dit. Et elle se cachait.

— Merci.

Passé son premier accès de stupéfaction, teinté de colère, Rico recouvra peu à peu ses esprits et commença à se réjouir. Il allait être père ! Il allait avoir un enfant ! Un enfant qu'il garderait auprès de lui, pour lequel il se battrait jusqu'à la mort. Un être qu'il ne quitterait jamais. Jamais. Pas comme lui, qu'on avait abandonné.

— Savez-vous où se trouve ce palais ? demanda-t-il.

Andretti déplia un papier qu'il avait sorti de sa poche.

— Ici, *signor.*

Quelques heures avaient suffi à Rico pour prendre ses dispositions. À la tombée de la nuit, il avait pris l'avion pour la capitale d'Abkar, où l'attendait un véhicule tout-terrain. Le palais où Halina était installée se trouvait à quatre cent cinquante kilomètres au nord de la ville, de l'autre côté d'un désert inhospitalier fait d'énormes rochers et de sable à perte de vue. Elle devait vraiment vouloir s'éloigner de lui, songea-t-il.

Il avait parcouru cent cinquante kilomètres au volant de son 4x4 quand il arrêta sa jeep pour se mettre à l'abri de la chaleur sous un rocher. Le soleil tapait vraiment dur. Lorsqu'un peu de fraîcheur revint, il repartit, puis s'arrêta de nouveau pour la nuit. Dès les premières lueurs de l'aube, il reprit la route. Le soleil se leva doucement, baignant le désert d'une lueur orange. Aux approches du palais, Rico remarqua au loin un avant-poste qui semblait avoir été taillé dans un rocher. Tout autour ondulaient des dunes de sable.

Rico se gara à distance pour éviter de se faire remarquer et prit ses jumelles. Le palais, sans fenêtres, avait tout d'une forteresse. Halina avait choisi le lieu le plus isolé possible… Pour se cacher de lui ? Or ce n'était pas un endroit pour une jeune femme enceinte. Plus vite il la sortirait de là, mieux ce serait.

De plus, en tant que mère de son enfant, sa vie était avec lui. Ils élèveraient ensemble leur bébé, qui ne connaîtrait jamais un jour sans amour. Un enfant avait besoin d'une mère et d'un père. Halina serait là en tant que maman pour cet enfant, et en tant qu'épouse pour lui.

5.

Halina regarda par la fenêtre de sa chambre le désert qui s'étendait à perte de vue. Elle soupira. Elle était à Mansiyy Rimal, le Palais des sables oubliés, depuis bientôt un mois et venait de passer les semaines les plus interminables de sa vie. La perspective de rester ici plusieurs mois encore la remplissait d'angoisse.

Les jours qui avaient suivi sa nuit avec Rico avaient été terribles. Son père, Hassan, si merveilleux d'habitude, s'était mué en une sorte d'étranger, terré dans sa rage. Effrayée, Halina s'était recroquevillée sur elle-même, redoutant les colères de cet homme qui n'avait eu jusqu'alors que des raisons de la gâter.

Il avait exigé qu'elle fasse un test de grossesse. Quand le résultat était tombé, positif, le monde d'Halina s'était écroulé.

Elle avait attendu, barricadée dans sa chambre, interdite de séjour auprès de ses jeunes sœurs, pour lesquelles elle était dorénavant un très mauvais exemple, tandis que son père négociait en son nom. Il voulait qu'elle épouse quand même le prince Zayed, et très vite maintenant qu'elle était salie et ne pourrait prétendre à trouver un autre mari. Moyennant finances, bien sûr. Le prince Zayed, un peu réticent malgré la jolie somme d'argent offerte, avait paru disposé à la prendre pour épouse.

Halina avait utilisé ce qu'il lui restait de forces pour s'opposer à cette décision, d'autant qu'elle avait vu l'amour que se portaient Zayed et Olivia. Elle avait donc dit non.

Son refus inébranlable avait été la goutte d'eau qui avait fait déborder le vase. Hassan, dorénavant muré dans le silence, avait laissé exploser sa colère. Le couperet était tombé : il l'éloignait du palais et elle demeurerait au milieu du désert, dans sa partie la plus inhospitalière et la plus aride, jusqu'à l'accouchement, en compagnie de quelques membres du personnel au visage impénétrable.

La suite était pour l'instant un mystère. Elle ignorait ce qu'il adviendrait de son bébé. C'était angoissant. Son père l'avait prévenue : « Je t'enlèverai ton enfant », avait-il hurlé. Halina ne pouvait croire qu'ayant vu son petit-fils il maintiendrait son funeste projet. Son père l'aimait. Du moins, il l'avait aimée. Il ne pouvait pas être aussi cruel, même si elle l'avait déçu. Encore que, réfléchit-elle, Hassan avait déjà prouvé sa cruauté.

S'évader, alors ? C'était impossible. Elle était sous bonne garde et à près de cinq cents kilomètres d'un premier semblant de civilisation. Piégée. Purement et simplement prisonnière.

Halina se détourna de la fenêtre et regarda sa chambre. Confort spartiate, mais loin d'elle l'idée de se plaindre. Elle allait lire, puisque des livres avaient été laissés à sa disposition. Elle avait tout le temps de sa grossesse pour le faire. Elle posa la main sur sa poitrine, qu'une nouvelle nausée venait de soulever. C'était son lot depuis quelques semaines. Elle avait mal au cœur, se sentait affreusement seule, avec le sentiment d'être brutalement passée de l'adolescence à l'âge adulte.

En ouvrant le tiroir de la table, elle trouva un carnet à dessin et des mines de plomb. Cela tombait bien, elle avait toujours adoré dessiner et allait mettre à profit les journées interminables qui l'attendaient pour affûter son coup de crayon.

Entendant une soudaine agitation à l'extérieur de sa chambre, elle tendit l'oreille.

— Non, monsieur ! s'exclamait Ammar, l'un des serviteurs du palais.

La porte s'ouvrit comme sous l'effet d'une bourrasque et alla cogner contre le mur.

Non, c'était impossible. Rico ? Rico Falcone, dans ce palais, dans sa chambre ?

C'était bien lui, en pantalon de treillis et veste de camouflage, les pommettes rouges et les yeux brillants.

Interdite, incrédule, Halina resta bouche bée.

— Toi, dit-il en la montrant du doigt, d'une voix qui n'admettait pas la contradiction. Tu viens avec moi.

Ammar se précipita.

— Non ! Vous n'enlèverez pas la princesse !

— Votre princesse est enceinte de mon enfant, rétorqua Rico. Elle vient avec moi.

Pendant une seconde, Ammar resta figé, totalement désarçonné. Il n'était pas formé pour défendre ce palais éloigné de tout, oublié de tous. Ammar n'était rien de plus qu'un factotum. Le sultan Hassan n'avait sûrement pas imaginé qu'on chercherait sa fille, encore moins qu'on la trouverait. L'entourage d'Halina était donc réduit à sa plus simple expression.

— Halina, dit Rico, la main tendue vers elle. Viens.

En d'autres temps, elle n'aurait pas apprécié qu'on lui donne ainsi un ordre. Mais entre partir avec Rico et se voir enlever son futur enfant, le choix était tout fait.

Sans dire un mot, elle se leva, traversa la pièce et prit la main que l'Italien lui tendait. À ce contact, comme parcourue par un courant électrique, elle tressaillit. Tout lui revint alors en mémoire : l'attraction qu'il avait exercée sur elle et la magie de ce début de nuit d'amour. Comme elle avait aimé ça !

Il l'entraîna vers l'escalier, indifférent aux protestations d'Ammar.

— Attends ! s'écria-t-elle. Et mes affaires ?

— Je t'achèterai tout ce dont tu auras besoin.

Qu'était-elle en train de faire ? se demanda-t-elle. Quelle nouvelle folie ?

— Que vais-je dire au sultan ? s'époumona Ammar, entre fureur et panique.

Rico se retourna sans s'arrêter.

— Dites-lui que la princesse Halina est avec le père de son enfant. Et qu'elle va y rester parce que c'est sa place.

Ammar les regarda sortir du palais, impuissant.

— Comment es-tu venu ? lui demanda-t-elle.

— J'ai acheté un 4x4.

— Et comment as-tu fait pour qu'Ammar ouvre les portes ?

— Je lui ai dit qui j'étais : un milliardaire puissant et le père de ton enfant.

— Et…

— Pourquoi ne m'as-tu rien dit, Halina ? l'interrompit-il. Non, ne me réponds pas, nous réglerons cela plus tard. Pour l'instant, nous devons retourner à Rome.

— À Rome ? s'étrangla-t-elle. Tu me ramènes à Rome ?

Pourquoi Rico l'enlevait-il ? Qu'allait-il faire d'elle ? Et pourquoi à Rome ?

— Tu sais, Ammar va appeler mon père par radio et il mettra des hommes à nos trousses.

Le sultan serait furieux que, malgré ses précautions, elle ait été enlevée. Il ne la laisserait pas tranquille une fois son bébé né. Il le lui enlèverait et la marierait au premier homme respectable qui voudrait bien d'elle.

— Je ne m'inquiète pas pour ton père, répliqua Rico.

Halina leva les yeux au ciel. Elle avait oublié à quel point son premier amant pouvait être présomptueux. Il n'avait pas changé.

— Tu as peut-être tort. Ses soldats connaissent ce territoire mieux que toi.

— C'est juste. Voilà pourquoi je vais m'en éloigner.

Il se glissa au volant et démarra, soulevant un nuage de sable et de poussière.

— Par où allons-nous, alors ?

— Je vais piquer au nord, vers Kalidar. Un hélicoptère nous attend à la frontière.

— Et après Kalidar ? demanda-t-elle, éberluée.

— Je te l'ai dit, à Rome. Un jet privé nous attend à Arjah, la capitale.

Rico était tendu, son front barré de rides profondes.

— Ce qu'on est secoués ! se plaignit-elle.

— Encore une heure et nous y serons.

Elle se tut. Ce qu'il lui arrivait était surréaliste. Il y a quelques instants encore elle se plaignait de son sort, de cette vie dans laquelle rien ne se passait. Quelle ironie !

Les dunes, les rochers défilaient. Les kilomètres aussi. Ils finirent par arriver. Comme piqué de milliards de minuscules diamants, le sable étincelait sous le soleil brûlant. Un hélicoptère, frappé de l'insigne militaire de Kalidar, les attendait.

Après avoir aidé Halina à monter à bord, Rico prit place à côté d'elle. L'appareil décolla. La jeune princesse semblait émerveillée par la beauté des dunes qui ondulaient sous eux. Rico éprouvait un mélange de colère et de satisfaction. Elle lui avait menti, elle lui avait caché sa grossesse, mais il avait réussi son expédition : il l'avait retrouvée et il la ramenait.

Il lui jeta un coup d'œil. Elle ne regardait plus le désert. Elle était assise, les mains croisées sur les genoux, pensive. Elle était pâle et faisait frêle. Où était passée l'innocente délurée qui l'avait aguiché, dans sa robe sexy, sur ses talons aiguilles ?

Elle portait une tunique et un pantalon ample d'un beige indéfini. Son opulente chevelure, qu'elle avait laissée libre sur ses épaules, ce fameux soir, était attachée, tirée en queue-de-cheval sur la nuque.

Rico s'aperçut qu'en dépit de ce qu'elle lui avait fait, en dépit de son allure si différente de celle qu'il avait connue, il la désirait toujours. Il n'avait pas pu oublier la sensualité singulière de leurs corps glissant l'un sur l'autre. Le miel de sa bouche. La soie de ses seins.

Déterminé à ignorer toute émotion, il détourna le regard. La prochaine fois qu'il coucherait avec Halina, il serait son mari, leur relation s'installerait dans la durée pour le seul bien de leur enfant. La prochaine fois qu'il coucherait avec Halina, il ne perdrait pas le contrôle. Il ne se pardonnait toujours pas sa faiblesse.

L'hélicoptère amorça sa descente et, quelques instants plus tard, il se posait. L'air effrayée, Halina regarda autour d'elle. Le paysage était particulièrement sauvage, inhospitalier. Le vent qui s'était levé soufflait des rafales de sable. Aveuglée, elle mit la main en visière devant ses yeux.

— Nous sommes à cent soixante kilomètres d'Arjah, annonça Rico.

— Si loin ?

— Oui, il le fallait.

N'étant pas sûr de la réaction du sultan Hassan, il avait préféré brouiller les pistes.

— Je vois, dit-elle d'une voix lasse.

— Nous avons encore quelques heures de 4x4 pour Arjah.

Visiblement fatiguée, Halina se dirigea vers la voiture, s'installa à l'arrière et s'endormit presque sur-le-champ. Recroquevillée sur son siège, très pâle, elle était émouvante. Rico avait libéré le chauffeur, qui allait rejoindre Abkar en hélicoptère.

Ils étaient seuls tous les deux, maintenant. La nuit tombait. Le ciel d'un bleu méditerranéen était déjà constellé d'étoiles. À mi-chemin, le vent qui avait forci peu à peu obligea Rico à s'arrêter. Cette halte réveilla Halina.

— Nous sommes arrivés ? demanda-t-elle.

— Non. Mais une tempête de sable se prépare. Nous allons devoir passer la nuit ici.

Halina regarda par la vitre. Autour d'eux, il n'y avait que poussière et obscurité.

— Mais… Où sommes-nous ?

— Au milieu de nulle part, rétorqua Rico avec un rire

nerveux. À quatre-vingts kilomètres d'Arjah. Dans une tempête de sable. Il va falloir passer la nuit ici, ce serait dangereux de continuer.

Il noua un foulard sur son nez et sa bouche.

— Reste dans la voiture et couvre-toi le visage quand j'ouvrirai la portière. Je vais nous faire un abri.

— On ne ferait pas mieux de rester dans la voiture ?

— Non, elle risque d'être ensevelie. On ne pourrait pas en sortir.

Prenant une grande inspiration, Rico ouvrit sa portière. Le vent et le sable lui giflèrent les joues et lui piquèrent les yeux. Aussitôt, Halina remonta sa tunique sur son visage.

Rico referma sa portière et, luttant contre le vent déchaîné et le sable, il alla prendre tente, eau, nourriture, couverture dans le coffre. Tête baissée, il monta la tente à l'abri d'un amas de rochers. Puis il revint vers le 4x4 qui se couvrait déjà de sable.

— Viens, dit-il à Halina.

Main dans la main, ils coururent vers l'abri de fortune.

— Ça va ? s'inquiéta Rico, s'accroupissant à côté d'elle dans la tente.

— Oui, mais j'ai cru que j'avalais tout le sable du désert.

Il prit un des bidons qu'il avait transférés et remplit d'eau une tasse en fer-blanc.

— Merci, murmura-t-elle en prenant la tasse.

Armé d'un petit bout de tissu, il épousseta le sable de son visage. Ce geste, anodin, raviva le désir qu'il s'efforçait d'ignorer.

— Rico…, chuchota-t-elle.

Les deux petites syllabes avaient glissé sur sa langue comme une caresse. Troublé, mais refusant de se laisser émouvoir, il s'arrêta. Il n'était pas venu pour elle mais pour leur enfant.

— Tu devrais manger, dit-il. Tu n'as plus que la peau sur les os.

— C'est à cause des nausées.

Elle sourit, mais son regard était triste.

— Tu es en colère, Rico. Pourquoi ?

Il l'était en effet. Contre elle et aussi contre lui-même, parce qu'il était incapable de contrôler ses émotions.

— Mange, commanda-t-il, lui donnant un pita et de la viande séchée. On parlera ensuite.

Halina prit le pain et le grignota du bout des dents.

— De quoi ?

— Pour commencer, dit Rico, dis-moi pourquoi tu as voulu me cacher que tu étais enceinte. Fuir jusqu'ici… Il fallait vraiment que tu ne veuilles pas que je sache !

Ses yeux lançaient de tels éclairs de colère qu'Halina, prise de peur, lâcha son pita.

— C'est ce que tu penses ?

— C'est ce que je constate.

Il prit le pain et le lui rendit.

— Mais d'abord, mange. On aura assez de temps ensuite pour discuter du passé… et de l'avenir.

6.

Incrédule, Halina fixa Rico et resta bouche bée. Elle avait oublié combien il pouvait être arrogant, directif, désagréable même. Elle se sentait nauséeuse et avait l'impression que son cerveau tournait à vide.

— Mange, répéta-t-il. Tu as une mine épouvantable.

— Je te remercie ! grimaça-t-elle.

— Pourquoi te laisses-tu aller ?

Elle arrêta de mordiller son pita et le regarda.

— Tu me demandes ça ? Tu es sérieux ? Franchement, Rico !

L'air étonné, il se tourna vers elle.

— Tu devais m'informer.

— Ah non ! Pas encore ça !

Agacée, elle jeta son morceau de pain. Il ne broncha pas. Il avait l'air dur, presque méchant, et il l'intimidait. Comment avait-elle pu, à Rome, se jeter à son cou et finir dans son lit ? À cette pensée, elle rougit de honte. Elle avait dû ensuite affronter la colère froide de son père, la terrible déception de sa mère, et l'humiliation de sa situation.

— Je te demande de manger, réitéra Rico.

— Je n'ai pas faim. J'ai des nausées. Tu tiens vraiment à ce que je vomisse ?

Elle replia les jambes et serra les bras autour de ses genoux. Elle se sentait plus seule que lorsqu'elle était dans ce palais perdu au milieu de nulle part. Dieu sait pourtant combien les journées lui avaient semblé interminables et vides. Maintenant qu'elle se trouvait confinée dans un petit abri avec un homme qui prenait tout l'espace, elle étouffait. Le soulagement qu'elle avait éprouvé quand il était venu à son secours était anéanti par la peur.

— Essaie la viande, dit Rico en lui tendant un morceau de viande séchée aussi appétissante qu'un bout de cuir.

Essayait-il d'être gentil ou insistait-il à cause de sa santé ? Consciente qu'il n'avait pas complètement tort — elle avait remarqué qu'elle avait beaucoup maigri —, elle prit le bout de viande et le mâchonna.

— Il faut que tu prennes soin de toi, dit-il. Ton médecin ne t'a rien prescrit contre les nausées ?

— Je n'ai pas vu de médecin. Enfin…

Comment dire ? Le seul médecin qu'elle avait vu… Non, elle préférait ne plus y penser.

— Quoi ? Pourquoi pas ?

Elle hocha la tête.

— Tu ne le croirais pas.

— Alors, parle. Halina, parle-moi, je veux savoir.

Elle n'avait pas envie, pas la force de raconter.

— Non, Rico, je suis trop fatiguée. Je t'expliquerai demain, tu veux bien ?

Demain ou un autre jour, quand elle se sentirait assez forte pour revivre en paroles ce qu'elle avait subi. Pour l'instant, elle voulait dormir, juste dormir.

Le vent violent avait encore forci. Il fouettait les côtés de la tente en hurlant comme un fauve qui poursuit sa proie.

— Tu as peut-être raison, ce n'est ni le lieu ni le moment. Mais je saurai, Halina. Je ne te lâcherai pas.

Il déroula deux sacs de couchage l'un à côté de l'autre, ce qui mit Halina mal à l'aise. Absurde, se dit-elle, tentant de se raisonner. Près l'un de l'autre ne signifiait pas ensemble.

Sans quitter ni sa tunique ni son pantalon, elle se glissa dans l'un d'eux et le remonta sur son menton sous le regard amusé de Rico.

— Tu crains pour ta vertu ? se moqua-t-il.

Dans le cocon de son sac de couchage, elle haussa vaguement les épaules.

— Non, Rico, je n'ai plus rien à craindre. Et crois-moi, je le regrette bien.

Elle s'arrêta. Ce n'était pas tout à fait vrai. Finalement, la perspective de ce bébé lui donnait envie de sourire.

— Si cela ne t'ennuie pas, je vais dormir, dit-elle.

Sur ces mots, elle lui tourna le dos et ferma les yeux.

Le sommeil ne venait pas. Halina avait mal un peu partout et ce qu'il lui arrivait tournait en boucle dans sa tête. Quant à l'avenir… Elle se retourna. Dans le fond, elle était prisonnière, à la merci d'un homme qui exerçait sa toute-puissance sur elle.

À côté d'elle, Rico bougea et se glissa à son tour dans son sac de couchage. Machinalement, Halina essaya de se pousser. Cette promiscuité la troublait. Trop de souvenirs, trop d'images. Le corps de Rico sur le sien. Son sexe en elle. Et elle, offerte, sans retenue, sans pudeur, sans frein. Comment avait-elle pu se donner ainsi ? À un inconnu !

Si elle n'avait pas fait cette folie, où serait-elle aujourd'hui ? Zayed al-bin Nur serait-il toujours marié avec Olivia ou aurait-il été obligé de la répudier pour l'épouser elle, la fiancée qui lui était promise ? L'aurait-on mariée à un autre homme ?

Empêtrée dans ses interrogations, elle remua dans son sac de couchage.

— Arrête de gesticuler, dit Rico d'un ton irrité.

— Je ne gesticule pas, répondit Halina. Je bouge à peine.

Rico soupira. La nuit allait être longue. Heureusement, la jeune princesse finit par s'assoupir. Rico, en alerte à cause de la tempête, veillait. Halina s'agitait dans son sommeil. Qu'est-ce qui la tourmentait ? se demanda-t-il. Brusquement, elle sursauta.

— Qu'est-ce qui se passe ? dit-elle se dressant dans son sac de couchage.

Dehors, le vent hurlait, tantôt creusant la toile de tente, tantôt s'engouffrant à l'intérieur. C'était terrifiant.

— J'ai peur, dit-elle. On va être enterrés vivants.

— Ça va passer, la rassura-t-il.

— Comment le sais-tu ? On va mourir ensevelis, j'en suis sûre !

Elle se mit à trembler, ses dents claquaient. Soudain, elle sentit les mains de Rico sur ses épaules. Il l'attira à lui. Sous l'effet de la surprise, elle se raidit ; puis, apaisée par ses caresses sur son dos, elle commença à se détendre.

C'était bon d'être tenue. C'était sécurisant. Une nouvelle fois, elle prenait conscience de l'importance d'une présence, de ce que cela pouvait lui apporter de bien-être et de réconfort. Elle ferma les yeux et se blottit contre Rico. Ce rapprochement ne portait pas à conséquence, n'est-ce pas ? À circonstances extraordinaires, mesures extraordinaires, se dit-elle. Demain matin, la tempête serait loin — du moins l'espérait-elle — et, à condition qu'elle ne les ait pas engloutis, ils se remettraient en route. Elle aurait recouvré son sang-froid, regagné des forces, et elle reprendrait ses distances.

Rico continua à caresser Halina, qu'il sentait fondre contre lui. Bien qu'elle ait beaucoup maigri, elle était encore souple, chaude et féminine. Et il la désirait toujours.

— Tu as déjà été prise dans une tempête de sable ? demanda-t-il, essayant de se distraire de pensées qui n'avaient rien à voir avec le danger que leur faisait courir la tempête.

— Non, je n'en ai vu que de loin.

Un petit rire lui échappa.

— J'ai mené une vie très protégée, tu sais.

Une vie privilégiée, songea Rico. L'éducation qu'elle avait reçue était à mille lieues de la sienne, à Salerne, sur les docks, avec une mère qui ne l'avait pas désiré, pas gardé et un père…

Pourquoi pensait-il à son père tout d'un coup ? Sans doute était-ce Halina qui lui inspirait ces pensées. Halina, qui portait son enfant…

Il soupira. Il subviendrait aux besoins de son enfant, il

l'aimerait, fille ou garçon, sa chair et son sang, il construirait une famille stable où celui-ci se sentirait en sécurité.

— Et toi ? T'es-tu déjà trouvé dans une tempête de sable ? demanda Halina, se serrant fort contre lui.

Rico passa un bras autour de sa taille.

— Non, jamais.

— Tu ne sais donc pas si ça va passer.

— J'ai consulté la météo avant de partir. Les vents violents devraient mollir assez vite.

— Les tempêtes de sable ne s'inclinent pas devant les prévisions météo, déclara-t-elle. Tu ne crains pas qu'on reste piégés ici ?

— Non. De toute manière, j'ai de quoi tenir un siège.

Halina se détendit.

— Je te demande pardon, murmura-t-elle. Je ne cherchais pas à dramatiser, mais…

Rico la serra encore plus fort et lui caressa les cheveux. À ce stade, peu importait sa résolution de ne pas la toucher. Ils étaient en danger de mort.

— Je te pardonne, dit-il.

Elle éclata de rire.

— Tu me pardonnes ! Quelle arrogance !

— Ce n'est pas de l'arrogance puisque j'ai raison.

Elle rit, effleurant son cou de ses lèvres ; ce qui le fit frissonner. Ses bras se couvrirent de chair de poule. Il la désirait toujours et, à la façon dont elle se raidit dans ses bras, il comprit qu'elle aussi avait envie de lui.

Troublé, il commença à baisser la tête pour prendre sa bouche. Il savourait à l'avance leur baiser. La douceur de ses lèvres, leur goût de miel. Elle les avait entrouvertes et il sentait son souffle tiède sur son visage.

Se ressaisissant brusquement, il releva la tête. Il ne devait pas agir ainsi. Leur relation était déjà bien assez compliquée. Il fallait d'abord qu'ils s'expliquent. Qu'il lui dise ce qu'il attendait d'elle. Un mariage et une vie de famille ou rien du tout.

Il l'entendit souffler. Elle avait perçu qu'il s'éloignait d'elle et tremblait.

— Dors, dit-il.

Elle ne répondit pas mais, très vite, il la sentit se détendre de nouveau. Il entendit bientôt son souffle, profond et régulier. Elle s'était rendormie.

Quand Rico se réveilla, la tente était chaude et baignait dans une lumière grisâtre. Dehors, rien ne bougeait. Lovée dans ses bras, Halina dormait toujours. D'un geste délicat, il remit derrière son oreille la mèche de cheveux qui barrait son front, ce qui la réveilla. Elle se frotta les yeux.

— La tempête est finie ?

Elle se dégagea de son sac de couchage pour regarder dehors.

— On va pouvoir sortir, alors.

— Je crois que nous ne sommes qu'à moitié ensevelis, dit-il.

Il écarta les pans de la tente, donna la main à Halina et ils mirent le nez dehors. Le paysage, éclairé par un soleil violent, avait totalement changé. La tempête de sable avait déplacé les dunes, enseveli le 4x4 aux trois quarts. C'était impressionnant.

— Punaise ! s'exclama Halina, les bras croisés sur la poitrine. On a de la chance d'être encore là !

Rico regarda son 4x4. Il allait lui falloir un temps fou pour le sortir de là.

— Bien, dit-il. Si tu buvais quelque chose. Il faut aussi que tu manges. Pendant ce temps, je vais dégager la voiture.

— Pourquoi allons-nous à Rome, Rico ?

— Parce que j'ai mon entreprise et ma maison, là-bas, répondit-il en se dirigeant vers le 4x4.

— Et qu'est-ce qu'on fera à Rome ? insista Halina.

— Zut, je n'ai pas pris de pelle.

Il commença à dégager le sable avec ses mains.

— À Rome ? reprit-il, agacé. Nous allons nous installer. Nous marier. Et c'est là que notre enfant naîtra.

7.

Effarée, Halina écarquilla les yeux.

— Nous marier ? Mais nous ne nous connaissons pas ! Et on ne s'aime pas.

— Tu m'épouseras par devoir. Pour le bien de notre futur enfant.

— Pas besoin d'être mariés pour…

— Si, l'interrompit Rico. C'est important pour moi. Je veux que mon enfant grandisse dans un foyer stable et aimant.

— Aimant ? répéta Halina. Mais tu ne m'aimes pas.

— J'aimerai mon enfant. Pour l'instant, va manger et bois. On repart dès que possible.

Se mordillant les lèvres, Halina regagna la tente. Elle se débarbouilla avec les moyens du bord, avala un peu de pita et but de l'eau en ressassant ce que Rico venait de dire.

L'épouser ? Pourquoi était-elle surprise ? Cet homme déplaçait les gens comme des pions sur son échiquier personnel. Pourquoi en serait-il autrement pour elle ?

De toute manière, un mariage avec Rico Falcone ne pouvait pas être un mariage normal. Ils ne se connaissaient pas, ne s'aimaient pas. Mais un étranger à la place d'un autre, cela ne changerait rien. Sa vie ne lui avait jamais appartenu et cela allait continuer.

Halina roula les sacs de couchage et rangea les provisions dans le sac à dos de Rico, puis elle alla le rejoindre.

Il avait enlevé sa chemise et sa peau bronzée brillait

sous le soleil impitoyable du désert. Il avait vraiment un corps de rêve…

— Je devrais avoir fini dans une demi-heure, annonça-t-il.

— Je peux t'aider ?

— Sûrement pas ! Tu es enceinte. Je ne veux pas que tu t'épuises.

— Enceinte, pas invalide, marmonna-t-elle.

Ah non, elle n'allait pas passer sept mois dans du coton ! Ni lui obéir au doigt et à l'œil ! Mais pourrait-elle faire autrement ? Elle n'avait jamais pu exercer son libre arbitre. Elle n'avait jamais eu la moindre liberté, jusqu'au soir où elle en avait connu un avant-goût…

En colère contre la vie, elle se retourna.

— Je vais ranger nos affaires.

Une demi-heure plus tard, le véhicule dégagé, ils reprenaient la route.

— Encore deux heures pour Arjah, dit Rico, l'air buté.

— Et si les hommes de mon père sont là ?

— Pas d'inquiétude, rétorqua-t-il. Je gère.

Consciente de sa mauvaise humeur, Halina n'insista pas. La tête contre l'appuie-tête, elle ferma les yeux. Il adviendrait ce qu'il adviendrait ; à ce stade, elle s'en moquait.

— Si ton père a envoyé son armée, lança-t-il soudain, elle aura été prise comme nous dans la tempête. Nous avons donc un peu d'avance.

Halina hocha la tête sans rien dire et replongea dans ses songes. Rester avec Rico ? Être secourue par son père ? Aucun des scénarios qui l'attendaient ne lui plaisait.

Après deux heures de secousses, le 4x4 quitta enfin la piste pour rouler sur du macadam. Au loin, des gratte-ciel se découpaient dans une brume de chaleur. Arjah n'était plus loin.

Toujours sans un mot, crispé sur son volant, Rico traversa la ville et roula vers un petit aérodrome où l'attendait son jet. Toujours perdue dans ses pensées, Halina monta à bord. Tout compte fait, à la colère froide de son père, elle préférait un mariage avec Rico. Au moins, il ne lui enlèverait pas son bébé.

— Dès qu'on aura décollé, tu pourras prendre une douche et te reposer. On en a pour six heures de vol.

Halina acquiesça d'un signe de tête. Elle se sentait engourdie, assommée par tout ce qui s'était passé. Par tout ce qui allait lui arriver.

L'altitude de croisière atteinte, Rico se leva.

— Suis-moi. Je vais te montrer la chambre.

La cabine était d'un luxe époustouflant. Grand lit sur une estrade, placards encastrés, immense télévision. Et la salle de bains n'avait rien à envier à la chambre.

— C'est incroyable, murmura-t-elle. Même mon père ne possède pas un aussi bel avion !

Rico la fixa de son regard impénétrable. Comment savoir quels sentiments, quelles peurs, quels désirs se cachaient sous la dureté de ses yeux ? Rico Falcone était un livre fermé qui ne dévoilait pas une seule ligne de son intrigue.

— Quand tu te seras reposée, nous parlerons, dit-il.

Sur ces mots, il partit, la laissant s'allonger sur le lit, heureuse d'être enfin seule. Elle avait envie de réfléchir et besoin d'un bon bain.

L'eau était chaude et les sels de bain délicatement parfumés. Appréciant ce luxe, surtout après l'inconfort du Palais des sables oubliés, Halina faillit s'endormir dans la baignoire. Ce fut un trou d'air qui la réveilla. Elle sortit de l'eau et ouvrit les placards. De beaux vêtements y étaient suspendus. Étaient-ils là en permanence pour les maîtresses qui se succédaient dans le jet, ou Rico les avait-il fait acheter spécialement pour elle ?

Chassant cette pensée toxique, elle s'habilla. Puis se coiffa d'un chignon souple sur le sommet de la tête. Prenant son courage à deux mains, elle alla rejoindre son ravisseur.

*
* *

Rico était affalé sur l'un des canapés de cuir, son ordinateur portable sur les genoux. L'apercevant, il releva les yeux. Elle ne l'avait jamais vu aussi séduisant, aussi sûr de lui. Il s'était changé et portait une chemise en jersey anthracite sur un pantalon noir.

Brusquement, il claqua des doigts.

— De l'eau gazeuse, du jus d'orange et deux petits déjeuners complets, commanda-t-il à l'hôtesse qui était apparue aussitôt.

Halina secoua la tête.

— Tu ne dis jamais « merci » ? Ou « s'il vous plaît » ?

Ce Falcone était impossible. Mal embouché. Elle ne ferait jamais sa vie avec lui. Il fallait qu'elle reprenne ses esprits et son sang-froid pour contrer sa volonté car, c'était décidé, elle ne se laisserait plus faire.

— Je n'aime pas perdre mon temps avec des détails superflus, mais je peux être poli.

Elle détourna les yeux. Ce n'était pas le moment de l'agacer, elle avait des questions autrement importantes à lui poser.

— Ainsi… Ainsi tu envisages de m'épouser ? À Rome ?

Rico la fixa. Regard glacial, visage fermé.

— Exactement.

— Cela mérite réflexion.

— C'est mieux qu'un mariage avec un inconnu qu'on t'impose, non ?

— L'homme qui m'était promis n'est plus un inconnu.

— Tu as rencontré al-bin Nur ? Récemment ? Depuis que nous… ?

— Oui, depuis que nous…

Elle rit. Un rire jaune.

— Quand mon père a appris que j'étais enceinte, il a tenté de renouer avec le prince Zayed.

— Quoi ? fulmina Rico. Comment ton père a-t-il pu…

Il s'interrompit. Ses craintes qu'un autre homme élève son enfant étaient donc justifiées. Il avait eu raison d'enlever Halina.

— Mais j'ai refusé, expliqua-t-elle. Je ne voulais pas épouser un homme qui aimait une autre femme.

— Quelle autre femme ? La gouvernante qu'il a enlevée par erreur ? Comment peut-on faire une ânerie pareille ? Faut-il être bête ou mal préparé ! Et en plus, il en tombe amoureux. C'est du Grand-Guignol !

— Peut-être…

— N'empêche que tu étais prête à l'épouser.

— Je savais que le prince Zayed ne m'aimait pas, mais avec le temps nous aurions appris à nous connaître…

Rico dévisagea la jeune femme, essayant de deviner ses sentiments. Acceptation ? Résignation ? Autre chose ?

— J'en déduis que tu ne vois pas d'objection à notre mariage, dit-il.

— Tu veux savoir si je vais m'y opposer ? C'est non.

Halina regarda par le hublot. Elle se sentait affreusement prisonnière.

— Tu ne manqueras de rien, dit Rico. Je te le promets.

Elle se tourna vers lui.

— Ne me promets rien. Tu ne me connais pas, tu ignores ce que j'ai dans la tête ou dans le cœur. Maintenant, si c'est aux conditions matérielles que tu fais allusion, je n'ai aucun doute, conclut-elle en balayant la cabine des yeux.

Rico scruta le visage d'Halina. Elle acceptait de se marier, mais cette perspective semblait la rendre aussi heureuse que si elle avait marché vers la guillotine.

— Je suis content de savoir que tu ne refuseras pas.

— Cela ne servirait à rien, déclara-t-elle, résignée. De toute façon, ma vie ne m'a jamais appartenu. Alors que ce soit toi ou mon père qui tire les ficelles…

— À mon avis, cela change tout. En tant qu'épouse, tu auras une certaine liberté. Plus que si tu avais épousé Zayed ou que tu étais restée chez ton père.

— Une prison reste une prison, même si la cage est dorée.

Rico sentit la colère monter en lui.

— Tu voulais vraiment passer le reste de ta vie dans le désert, Halina ? Pour m'échapper ?

L'air pensif, triste, elle se tourna vers le hublot. À quoi pensait-elle ? se demanda-t-il. Et pourquoi était-ce si important pour lui de le savoir ?

— Quand j'étais petite fille, j'avais un rêve. Je voulais vivre à Paris, dans une grande et belle maison comme il y en a là-bas. Tu connais la France ?

Rico fit non de la tête.

— Ma marraine française m'avait offert un livre sur Paris. Je l'ai lu et relu.

Elle se tut. Rico se demandait où elle voulait en venir.

— J'imaginais cette ville, poursuivit-elle, rêveuse. Je voyais de la vigne vierge le long des murs, de grandes portes-fenêtres donnant sur des balcons avec des rambardes en fer forgé. Des fleurs partout et, en bas, dehors, des terrasses de café et des badauds en train de flâner.

Perdue dans le souvenir de ses rêves de jeunesse, elle sourit.

— Dans ma maison, il y avait un piano dans le salon, poursuivit-elle. Un piano à queue sur lequel je jouais. Je donnais aussi des cours de musique et il y avait une boîte de bonbons sur le piano. J'en donnais aux enfants quand ils avaient bien joué. Quand je ne travaillais pas, je sortais. Je me promenais dans le jardin du Luxembourg et je faisais des croquis des arbres, des gens…

Elle se tut et secoua la tête.

— Tu sais que je n'ai jamais mis les pieds à Paris ! C'est juste dans mes rêves.

— Peut-être iras-tu un jour, dit Rico. Avec moi.

Elle se retourna vers le hublot.

— Je savais que je ne vivrais jamais ce rêve. Aucun rêve. Je n'ai jamais eu mon mot à dire. C'est pour cela que je suis allée à la soirée où nous nous sommes rencontrés. Pour une fois, je voulais vivre *ma* vie.

Elle laissa échapper un rire amer.

— Et voilà le désastre ! Mon père avait peut-être raison

de limiter mon périmètre. Je ne suis sans doute pas capable de faire les bons choix toute seule. Mais j'ai toujours eu envie d'essayer.

Rico écoutait sans rien dire, mal à l'aise. Ce qu'Halina racontait résonnait étrangement en lui. Pourtant, sa propre enfance avait été très différente de celle de la jeune princesse. Halina avait été couvée, protégée, privilégiée. Lui avait grandi sur les docks, puis à l'orphelinat, deux endroits où il avait fallu tâcher de survivre le moins mal possible. À sa façon, lui aussi s'était senti piégé, cerné, enfermé, et il n'avait eu d'autre choix que de se battre pour s'en sortir. D'apparaître froid, arrogant, insensible. Parce que, au moins, de cette manière-là, il avait dominé les autres et plus personne ne l'avait humilié.

Quel choix s'offrait à Halina ?

Elle n'avait pas besoin de choisir, pensa Rico. Il subviendrait à ses besoins, la protégerait, lui donnerait tout le luxe qu'elle souhaiterait.

L'arrivée des petits déjeuners mit fin à leur conversation.

— Il faut que tu manges, lui rappela-t-il.

— Je n'ai pas faim.

— Dès notre arrivée à Rome, je veux que tu consultes un médecin. Il existe sûrement des anti-nauséeux.

Ils n'étaient plus qu'à quelques heures de Rome. Elle avait accepté de l'épouser. Que voulait-il de plus ?

[illegible]

Quel cœur s'offrait à l'homme [illegible]

[illegible]

— Il faut que tu m'aides [illegible] lui répondit-il.

[illegible]

De retour à Rome, [illegible]

[illegible]

8.

Halina se regarda dans la glace en soupirant. Les vingt-quatre dernières heures avaient été agitées. Une limousine les attendait à l'aéroport et les avait emmenés chez Rico, près de la Piazza di Spagna. Rico lui avait tout de suite montré sa chambre et l'avait priée de se reposer.

— Peux-tu faire savoir à mon père où je suis, lui avait-elle demandé. Il est inutile qu'il s'inquiète.

Rico avait ricané.

— Je pense qu'il le sait déjà, mais je l'informerai en temps voulu.

— Quand ?

Il avait haussé les épaules.

— Quand je le déciderai.

Six heures de sommeil plus tard, Halina s'était réveillée de sa longue sieste, ragaillardie. La nuit tombait sur la ville. Rico avait frappé à sa porte.

— Je t'ai pris un rendez-vous chez le médecin pour demain matin, lui avait-il annoncé.

Contrariée qu'il continue de décider pour elle, elle avait acquiescé d'un simple signe de tête et était retournée se coucher. Seule au lit, triste, elle avait ruminé sa colère et son dépit.

Rico était agressif, la critiquait sans cesse et voulait malgré tout l'épouser. Que serait sa vie avec lui ? Et celle de son enfant ? Elle pouvait peut-être se sauver ? Mais où aller ? Elle était complètement démunie, sans un sou, sans vêtements, incapable de se débrouiller dans la vie et tellement fatiguée…

Bien sûr, elle parlait trois langues, jouait de deux instruments de musique et avait de la conversation quand c'était nécessaire. Mais de là à mener sa barque seule…

— Halina ?

Elle sortit de ses pensées. C'était Rico qui frappait à la porte de sa chambre.

— On part chez le médecin dans vingt minutes.

Elle se détourna de la glace et ouvrit. Il était là, impatient mais superbe dans un costume sombre. Malgré elle, elle frissonna.

— Je suis prête.

— Il faut que tu manges avant de partir.

Toujours le même refrain.

— J'ai fait acheter des choses que tu dois aimer, reprit-il.

Il devenait aimable ? Quelle était la raison de ce revirement ?

— Tu verras, il y a des viennoiseries, des fruits et du thé au gingembre. J'ai lu que le gingembre soulage les nausées.

— Tu t'es documenté ? s'étonna-t-elle.

Il haussa les épaules. C'était peu de chose, certes, mais de sa part, c'était doublement touchant.

Rome était noyée dans une brume de chaleur quand ils sortirent de l'appartement, devant lequel sa limousine avec chauffeur les attendait. Ils s'assirent tous les deux à l'arrière et commencèrent à bavarder.

— Alors, comme ça, tu vis tout le temps à Rome ?

— La plus grande partie de mon temps.

Il glissa son téléphone dans sa poche. Halina nota qu'il semblait ne vouloir s'intéresser qu'à elle.

— Je voyage pour mes affaires, qui sont essentiellement en Europe.

— Tu vois un bébé dans ton loft ? dit-elle, changeant brusquement de sujet.

Rico la fixa de son regard impénétrable.

— Bien sûr. Mais j'ai l'intention d'acheter une maison qui convienne mieux à une famille.

Le temps d'un flash, Halina se prit à rêver. Une maison heureuse qu'elle pourrait décorer et remplir de musique et d'objets d'art, de livres et de rires. Un endroit à elle, à eux, où Rico et elle apprendraient à vivre ensemble et, peut-être, à s'aimer. Hélas, ce n'était qu'un rêve éveillé…

— Et quand nous marions-nous ? demanda-t-elle.

Un silence plana. Lourd, tendu. Électrique. Rico regarda par la vitre.

— Concentrons-nous d'abord sur ta santé. On parlera mariage ensuite.

Le cabinet médical était luxueux, avec du personnel qui allait et venait autour d'eux comme des papillons. Lorsqu'on vint les chercher dans la salle d'attente, Halina se leva en tremblant. Flanquée de Rico, elle suivit la médecin jusque dans sa pièce de travail.

— Je me présente, dit celle-ci, Maria Loretto. Le *signor* Falcone m'a demandé d'être votre obstétricienne.

Halina hocha la tête et lui serra la main.

— La priorité, c'est de savoir où vous en êtes.

— Ce sera simple, intervint Rico. Nous savons exactement quand il a été conçu.

— Si vous en êtes sûrs…

— Certains. C'était le 25 juin.

Halina piqua un fard.

— En ce cas, dit la praticienne après un bref calcul, l'accouchement aura lieu autour du 19 mars.

Machinalement, Halina plaqua la main sur son ventre encore plat. Il avait suffi de quelques mots pour que tout devienne plus réel. Ces deux derniers mois, elle n'avait fait qu'exister, malheureuse, effrayée, voulant à peine envisager ce qui l'attendait. Subitement, la réalité de sa situation prenait corps et elle se sentait pleine d'énergie et d'enthousiasme. Elle attendait un bébé !

— Nous allons maintenant vérifier les battements du cœur, poursuivit le docteur Loretto.

Halina s'allongea sur la table d'examen.

— Ne lui faites pas mal ! dit Rico.

— Tout va bien, *signor* Falcone. Détendez-vous.

— Je vais bien, Rico, le rassura Halina en lui tendant la main.

— C'est parfait, dit Maria satisfaite.

— C'est incroyable…, balbutia Halina, au bord des larmes.

Elle se tourna alors vers Rico pour partager son émotion avec lui, mais elle ne vit que l'arrière de son crâne. Apparemment indifférent à ce qui se passait, il lui tournait le dos.

Le son semblait emplir la pièce, précipité et fort, le son de l'espoir. Les battements du cœur de son enfant… Rico serra les dents pour tenter de refouler son trop-plein d'émotion. Ce n'était qu'un son, mais il le remplissait de joie — et aussi de terreur. Leur enfant. Un être humain qu'ils avaient créé, dont il serait responsable. Qu'il adorerait.

Bouleversé, il s'était retourné.

— Bien, je propose de vous revoir dans une semaine ou deux, dit le docteur Loretto. Nous parlerons alors des médicaments contre la nausée. Pour l'instant, je ne vous prescris rien. Il vaut mieux attendre un peu.

Elle sourit à Halina, qui hocha la tête et se leva.

— C'est entendu. Merci, docteur.

Elle avait la tête penchée, ses cheveux noirs dansaient autour de son visage pâle. Que pensait-elle ? Que ressentait-elle ? Rico n'aurait su le dire. Mais il allait s'occuper sérieusement d'elle. Pour leur bébé. Pour elle aussi, bien sûr.

Il lui prit le bras et, la serrant contre lui, la ramena à la voiture. Elle s'assit, tourna la tête et regarda la ville défiler derrière sa vitre.

— Halina ?

Elle se retourna vers lui, l'air préoccupé et triste. Il aurait payé cher pour ramener un sourire sur son visage, celui du 25 juin.

— Qu'aimerais-tu faire ? lui demanda-t-il.

Visiblement étonnée, elle haussa les sourcils.

— Tu me demandes ce que je veux faire ?

— Oui, pourquoi ?

— Tu ne m'as pas habituée à autant de sollicitude !

— Ah ? C'est que tu ne me connais pas bien.

— Tu veux dire que je ne te connais pas du tout. Tu es pourtant le père de mon futur enfant et bientôt, paraît-il, mon mari.

— Il n'y a pas de « paraît-il ». Je te laisse choisir, Halina.

— C'est ça ! s'exclama-t-elle d'une voix pleine de colère, le regard noir. Tu veux peut-être que je te dise merci, aussi ! J'ai essayé de t'expliquer que je ne supporte pas que l'on me donne des ordres. Aussi gâtée que j'aie pu être dans la vie, il y a une chose que je n'ai jamais eue, c'est la liberté. Tu n'imagines pas ce que c'est que de ne jamais faire ce que l'on veut. Tu veux savoir ce que je veux aujourd'hui, Rico ? Je veux être libre. Tu m'entends ? Libre !

Elle s'arrêta pour reprendre son souffle. Sans voix, surpris par cette brusque tempête, Rico se renfonça dans son siège. Il savait qu'Halina avait souffert d'être trop encadrée, mais il n'avait jamais mesuré à quel point. Elle devait le voir comme un ravisseur, un nouveau chef. Comprenant son désarroi, il éprouva de la compassion pour elle.

— Détrompe-toi, dit-il après plusieurs secondes, je sais ce que tu ressens.

— Alors dis-le ! Explique-moi pourquoi. Raconte-moi.

Avait-il envie de le lui dire ? C'était tellement personnel. Il hésita.

— Alors ? s'impatienta Halina. Tu vas parler, oui ou non ?

9.

— Quand j'étais petit, commença Rico, je n'avais aucun contrôle sur rien.

Il se tut. Halina comprit qu'il regrettait déjà ces quelques mots. Il ne voulait pas qu'elle sache qui il était. Il ne voulait pas être découvert.

— La plupart des enfants n'en ont pas, commenta Halina. Ce n'est pas dans la nature des choses.

Il avait les mâchoires serrées, les yeux brillants, presque fiévreux.

— Peut-être, dit-il.

Maintenant qu'il se livrait un peu, elle n'allait pas le contrer. Au contraire, elle allait l'encourager à parler.

— En quoi ton enfance a-t-elle été différente de celle des autres ? lui demanda-t-elle. Comment vivais-tu ?

Il se crispa. Ne répondit pas tout de suite.

— Comme ça venait, dit-il enfin. Je n'ai jamais connu ma mère. Elle était serveuse dans un bar et a fait du gringue à mon père. Résultat de leur aventure, elle s'est retrouvée enceinte. Elle m'a gardé mais, comme elle ne voulait pas s'encombrer d'un gosse, elle est partie, me laissant à mon père. J'avais quinze jours.

— Oh !

Halina avait cru comprendre que Rico était issu d'un milieu privilégié, comme le sien. Il agissait comme tel, en tout cas.

— Ça a dû être difficile. Qu'a fait ton père ?

— Il m'a gardé. Il travaillait au port et ne devait pas être ravi d'avoir un bébé sur les bras.

Rico prit une longue inspiration.

— Il m'a élevé tout seul avec, de temps en temps, l'aide de gentils voisins. Ça aurait pu être pire.

— Tu n'as jamais connu ta mère ?

— Non, c'est mon père qui s'est occupé de moi. Jusqu'à mes neuf ans. Ensuite, on m'a casé dans un orphelinat, à Salerne. Un couvent de religieuses qui n'aimaient pas beaucoup les enfants, j'en parle en connaissance de cause. J'en suis sorti à seize ans.

Triste pour lui, Halina commença à s'apitoyer sur la solitude qu'il avait dû ressentir. Il l'arrêta tout de suite, comme s'il avait lu dans ses pensées :

— Non, je ne me suis jamais senti seul parce que, depuis longtemps, j'ai appris à ne compter que sur moi.

À son air, à son ton, elle comprit qu'il ne faisait pas seulement allusion à son enfance. Il parlait aussi d'aujourd'hui. Cherchait-il à lui faire passer un message ? À lui dire qu'il n'avait besoin de personne, donc pas besoin d'elle ?

— Si je te raconte cela, c'est pour que tu saches que je te comprends quand tu dis rêver de liberté.

Halina soupira tout en rougissant de honte. Elle n'était qu'une gamine gâtée et osait se plaindre devant Rico, qui lui avait *vraiment* connu une enfance douloureuse.

— Je n'aurais jamais deviné ce que tu as enduré. Comment en es-tu arrivé là où tu es maintenant ?

Grâce à une détermination farouche, un travail acharné et un petit peu de chance. Peut-être plus qu'un petit peu…

— J'ai acheté un premier bien immobilier à dix-neuf ans. C'était un entrepôt délabré près des docks. J'en ai fait un gymnase. Je l'ai revendu deux ans plus tard vingt fois plus cher que ce que je l'avais acheté. Ceci dit, je te renouvelle ma question : qu'aimerais-tu faire cet après-midi ?

Maintenant qu'il lui avait livré des bribes de sa jeunesse, Halina avait surtout envie de passer du temps avec Rico pour mieux le connaître. Peut-être continuerait-il à lui faire des confidences ? Peut-être lui ouvrirait-il son cœur ?

— Tu as peut-être une idée, toi ? Personnellement, j'ai fait toutes mes études secondaires en Italie mais n'y ai jamais fait de tourisme. Et toi ?

— Pareil. J'ai trop de travail.

Il regarda par la fenêtre.

— On peut aller visiter le Colisée, si ça te dit.

Halina faillit sauter de joie. C'était nouveau, ils allaient faire quelque chose ensemble, juste pour le plaisir. Ni sexe ni chamailleries, un peu de plaisir tout simplement.

— On va d'abord déjeuner, dit-il. Je connais un bistrot à deux pas du Colisée.

— Super !

Son appétit lui revenait avec l'excitation de faire cette visite avec Rico.

Le bistrot était ombragé et sympathique. Ils s'assirent à une table un peu à l'écart et commandèrent. Rico prit du chianti, et de l'eau gazeuse pour elle.

— Tu souris, lui fit remarquer Rico en faisant tourner son verre dans sa main.

— Oui, c'est charmant, ici.

— Tu n'es pas difficile à contenter.

Elle but un peu de son eau gazeuse.

— Tu le penses vraiment ?

— Oui.

— Après ce que je viens de vivre, tout me semble merveilleux.

Elle se mordilla la lèvre. Non, il ne fallait pas faire resurgir le passé, les souvenirs douloureux, sous peine de gâcher la bonne humeur qui régnait.

Rico se pencha vers elle.

— Tu ne me l'as pas dit : pourquoi n'as-tu pas vu de médecin ? Et comment t'es-tu retrouvée dans ce palais du bout du monde ?

— Tu ne penses plus que j'y suis allée pour te fuir, si ?

— C'est la première chose qui m'est venue à l'esprit, reconnut-il. Peut-être à cause de mon expérience…

Il s'arrêta et fixa le vin dans son verre comme si sa belle couleur rubis l'émerveillait.

— Comment a réagi ta famille quand elle a su que tu étais enceinte ?

— Mal. Très mal, même.

Rico fronça les sourcils.

— Je croyais que ton père t'adorait.

— De qui tiens-tu ça ? demanda-t-elle avec une moue.

— Du détective privé que j'ai engagé pour te retrouver. Ce n'est pas vrai ?

— Si. Mais tout a changé. Je devais m'y attendre.

Elle haussa les épaules. Aujourd'hui encore elle avait du mal à admettre qu'elle ait pu être aussi bête, aussi naïve.

— Mes parents étaient furieux. Lorsque les négociations avec le prince Zayed ont échoué, mon père m'a cherché un autre époux, quelqu'un qui cadre avec ses ambitions politiques. Mon état a fait que ça n'a pas marché.

— De nos jours, une femme n'a pas à arriver vierge au mariage, tout de même ! Même pas dans une famille royale !

— Dans mon pays, si. Et je le savais. Malgré cela, j'ai agi comme si les conséquences ne s'appliquaient pas à moi. Tu m'as vraiment fait dérailler, Rico.

— Et réciproquement ! Mais avec un minimum de bon sens, j'aurais dû me rendre compte de ton innocence et ne pas te toucher.

— C'était si évident ?

— Avec le recul, oui. Mais parle-moi plutôt de ton père.

— Il était furieux et surtout déçu. Il a tout fait pour que le prince Zayed m'épouse, parce qu'il pensait que personne d'autre ne voudrait de moi.

— Et alors ? la pressa Rico.

— Alors je ne sais pas s'il aurait accepté ou non, mais moi j'ai refusé. Olivia est mon amie.

Halina percevait combien Rico était en colère ; pas

contre elle, contre son père. Devait-elle lui dire toute la vérité, au risque de décupler sa rage ?

— Il faut comprendre mon père, poursuivit-elle. Je te jure que c'est un homme bon.

Elle voulait le croire. Parce qu'elle l'aimait encore et voulait son amour en retour.

— C'est tout ? dit Rico comme s'il pressentait la suite.

Elle poussa un long soupir, les larmes aux yeux. Puis elle ferma les paupières avant de les rouvrir, le regard dardé sur Rico.

— Il a essayé de me faire avorter, murmura-t-elle.

D'un seul coup, la rage et l'indignation submergèrent Rico.

— Il a *essayé* ? lâcha-t-il entre ses dents serrées. Mais encore ?

— Ma mère et lui étaient d'accord. Ils ont refusé de m'écouter et m'ont emmenée chez un médecin. De force.

D'un revers de main, elle sécha une larme sur sa joue.

— Je me suis battue bec et ongles. Tu dois le croire, Rico. Je voulais le garder, cet enfant. J'ai supplié, supplié, je n'arrêtais pas de pleurer.

Le poing sur la bouche, elle ravala un sanglot.

— Je te crois, dit-il.

Elle était dans un tel état de détresse qu'il ne pouvait pas lui dire le contraire.

— Et alors ? reprit-il. Que s'est-il passé ?

— Le médecin a dit non à l'intervention, murmura Halina. Parce qu'il a vu que je ne voulais pas. Mon père était furieux, mais je me demande maintenant s'il n'avait pas honte de sa démarche.

Elle essuya la larme qui coulait sur sa joue.

— En tout cas, je veux le croire.

Pour avoir ressenti la même chose à propos de son père, Rico comprenait. Comme Halina, il avait tout fait pour excuser l'inexcusable, pour trouver un motif valable à sa cruauté envers un enfant. Envers lui. Mais il avait dû regarder la vérité en face et admettre que son père se fichait bien de lui.

— Donc, il t'a expédiée au Palais des sables oubliés.

— Je devais y rester jusqu'à la naissance du bébé. Ensuite…

Elle se mordilla les lèvres.

— Il a dit qu'il m'enlèverait le bébé, mais j'espérais… J'espérais qu'avec le temps il changerait d'avis et me le laisserait. Je refuse de le voir comme quelqu'un de cruel.

Rico s'assit, troublé. Il l'avait mal jugée. Ce n'était pas elle qui avait voulu se cacher, on l'avait éloignée de force. Se fondant sur sa propre expérience et sur l'opinion qu'il s'était forgée des mères et des pères, de la famille, de l'amour, il avait extrapolé.

— Je suis désolé que tu aies vécu tout cela, dit-il. Et je m'en veux d'avoir pensé que…

Il s'arrêta. Il avait eu tort de juger sans savoir.

— Je suis désolé, répéta-t-il.

Halina hocha la tête. Elle était livide.

— Tu comprends maintenant pourquoi je n'ai pas vu de médecin.

— Je vois, oui, murmura-t-il.

Il était en colère et avait du mal à se contrôler. Le père d'Halina avait agi abusivement. L'idée qu'il ait pu essayer d'obliger sa fille à avorter était intolérable. C'était *sa* vie, *leur* enfant. Son sultan de père n'avait aucun droit sur eux.

Mais sa rage était stérile, maintenant. Il fallait qu'il se calme, d'autant que, recroquevillée sur elle-même, Halina le regardait, craintive, persuadée semblait-il que sa colère était dirigée contre elle.

Se forçant beaucoup, Rico lui sourit.

— Oublions tout cela, dit-il. Ce qui vous attend toi et notre enfant ne ressemblera pas à ce que nous avons connu. Notre bébé ne connaîtra jamais un jour sans l'amour d'un père et d'une mère. C'est ma promesse.

Halina hocha la tête, l'air dubitatif. Il la comprenait. Avec son arrogance et son autoritarisme — il ne proposait jamais, il imposait —, il n'avait que ce qu'il méritait. Elle ne lui faisait pas confiance. Dorénavant, il se le jurait, il allait se corriger et la ferait sourire. Il subviendrait à ses besoins, les anticiperait même. Il la verrait s'épanouir, retrouver sa joie de vivre.

Il le ferait sans s'engager sentimentalement. Parce que, même maintenant, et bien qu'il soit ému par l'épreuve vécue par Halina, il s'interdisait d'aimer. Pour lui, l'amour était inaccessible. Son cœur resterait donc ce qu'il était depuis l'enfance, un bloc de pierre.

Le reste du déjeuner passa agréablement, de sujets légers en petites anecdotes. Ils se dirigèrent ensuite, sous le soleil, vers le Colisée.

— Les photos sont bien en deçà de la réalité ! s'exclama Halina en passant sous une arche.

Bien que partiellement en ruine, le Colisée était impressionnant avec ses hauts murs en pierres de taille dorées et ses quatre-vingts arches.

Ils déambulèrent dans les galeries, guide en main.

— C'est magnifique, mais ce qui s'y est déroulé est terrible, dit Halina. Tous ces esclaves, tous ces animaux sacrifiés pour le plaisir de quelques empereurs. Quelle horreur ! Je préfère ne pas y penser.

Rico hocha la tête.

— Les belles choses sont parfois mal employées.

Il se sentait troublé. Cette promenade avec Halina dans ce lieu chargé d'histoire créait un lien entre eux. Ce n'était plus un site touristique qu'il visitait, c'était autre chose. Il partageait une émotion avec une femme, ce qui ne lui était jamais arrivé.

Il n'avait pas d'amis, que des employés, et les femmes qu'il avait eues n'avaient été que des maîtresses, des objets de désir prompts à assouvir ses pulsions sexuelles. Se promener au soleil un après-midi d'été, échanger des idées, parler et écouter, tout cela était nouveau pour lui. Et tout à fait agréable, ce qui le surprenait.

Halina tourna une page de son guide.

— Ils disent qu'il ne faut pas manquer le musée qui se trouve à l'étage supérieur, dit-elle. Il est dédié à Éros.

— On se demande pourquoi Éros, rétorqua Rico. Pour un endroit où on a torturé et tué…

— C'est peut-être pour cette raison, justement. Pour apporter un peu de lumière et d'espoir dans un lieu qui a été le théâtre de tant de ténèbres.

Un sentiment de malaise envahit Rico. Selon lui, l'amour n'éclairait pas les ténèbres ; il n'apportait pas l'espoir dans un monde dévasté. Non, l'amour n'était que désillusion et chagrin, manque et faiblesse. Il le savait pour avoir commis l'erreur d'aimer son père. Une enfance brisée justifiait-elle qu'on s'interdise d'aimer ? C'était son opinion, la raison pour laquelle il fuyait l'amour, se moquant de toutes les mièvreries qui tournaient autour.

Il prit Halina par le bras et se dirigea avec elle vers l'escalier, essayant de se rassurer sur les sentiments qu'il éprouvait pour elle. Elle le connaissait assez pour savoir qu'elle n'avait rien à attendre de lui. Et si par hasard elle se faisait des illusions, il la détromperait vite. En douceur, mais avec fermeté. Il ne voulait pas la blesser inutilement. À cause de lui, elle avait déjà assez souffert.

10.

Halina se regarda dans la glace. Elle avait repris des couleurs. Cela faisait deux semaines qu'elle était à Rome avec Rico, et les nausées s'estompaient enfin. Elle se reposait beaucoup, se nourrissait bien, menait une vie simple et tranquille. Elle était enceinte de trois mois et ce bébé devenait de plus en plus réel.

Ces deux semaines avaient été étonnamment douces. Rico s'était employé à lui redonner de l'énergie. Elle s'était laissée aller à de longues siestes au soleil sur l'immense terrasse de l'appartement. Il avait engagé un cuisinier pour préparer de bons repas frais et appétissants et avait annulé toutes ses mondanités pour rester chez lui le soir.

Il se comportait comme un mari aimant et prévenant, sauf que… Sauf qu'il n'était pas son mari. Depuis ses confidences sur son enfance, il s'était renfermé et n'avait plus rien dit de personnel sur sa vie. Halina avait tenté de le refaire parler mais il avait rejeté, parfois brutalement, toutes ses questions. Elle le soupçonnait de regretter d'en avoir trop dit. Leur visite du musée du Colisée, avec l'exposition consacrée à Éros, l'en avait convaincue.

Ils avaient flâné dans les galeries, devant les fresques et les sculptures. Halina lisait tout haut les explications données dans le guide :

— Les poètes anciens décrivent Éros comme une force invincible qui peut apporter le bonheur, mais aussi le détruire.

Les mains au fond des poches, Rico avait ricané.

— Je suis d'accord sur le dernier point.

Halina lui avait jeté un coup d'œil.

— Tu as déjà été amoureux, on dirait, avait-elle lancé d'un ton aigre, réprimant mal un petit accès de jalousie.

Était-ce pour cela qu'il s'en tenait à des maîtresses, dont aucune ne durait plus d'une semaine, pour éviter une nouvelle peine de cœur ?

— Pas amoureux, non, avait corrigé Rico.

Puis il s'était tu.

— Moi, je n'ai jamais été amoureuse, avait-elle dit. Je n'en ai jamais eu l'occasion.

— Tant mieux pour toi.

— Tu es amer, on dirait.

Elle avait essayé de prendre un ton dégagé pour cacher ce qu'elle pensait vraiment : qu'elle rêvait d'amour, se sentait pleine de désir. Mais sans doute ne vivrait-elle jamais ce à quoi elle aspirait ardemment. Si elle épousait Rico, *quand* elle l'épouserait, ils ne seraient pas amoureux.

— Tu as entendu, avait-il répliqué, les poètes anciens disent que l'amour est incompatible avec le bonheur. Cela me semble juste.

Rico s'était arrêté pour étudier une statue d'Éros en train de bander son arc. Halina avait abaissé son guide.

— Qui t'a fait du mal, Rico ? avait-elle demandé doucement.

Il avait tremblé, plissé les yeux.

— Personne.

— Je ne te crois pas. Tu ne parlerais pas comme cela de l'amour.

Il avait haussé les épaules.

— Bah, c'est vieux.

— Ah, tu vois ! Quand ?

— Je ne veux pas en parler, Halina.

Devant son ton dissuasif, Halina n'avait pas insisté et était restée avec ses interrogations. Quel type de femme avait-il pu fréquenter qui le rende aussi négatif ?

Parce qu'il était *vraiment* négatif. Elle l'avait découvert ces deux dernières semaines. Aussi charmant qu'il soit par moments, il était surtout fermé et ne s'intéressait pas vraiment à elle. Leurs conversations n'allaient guère au-delà de la météo ou du dernier film à l'affiche. Contrairement à elle, il n'éprouvait pas le besoin de mieux la connaître.

La réception de ce soir allait être l'occasion de présenter sa future épouse à la société romaine. Comment allait-elle supporter de voir tous ces yeux braqués sur elle ? Et Rico, lui si solitaire et si froid ?

— Halina ? La voiture est là.

Elle se regarda une dernière fois dans la glace et soupira. Hier, Rico l'avait emmenée Via dei Condotti faire du shopping dans les boutiques les plus élégantes de la ville. Lingerie, tenues pour tous les jours, sportswear, robes du soir… Elle était sortie des magasins les bras chargés de sacs chics.

— Je ne sais pas si tous ces achats sont bien utiles, avait-elle dit à Rico. Je vais grossir et ne pourrai bientôt plus les porter.

— Tu les porteras après la naissance. N'oublie pas que tu seras ma femme et que tu devras remplir ce rôle.

Elle avait failli lui demander à quoi ressemblerait leur mariage et ce qu'il attendait d'elle en tant qu'épouse, mais elle s'était abstenue. Elle n'avait pas envie de cette conversation. Après deux semaines de repos, elle se remettait, physiquement et émotionnellement, de ses blessures. Loin d'elle l'envie de se compliquer l'existence en abordant un sujet qu'elle pressentait explosif.

— Je suis prête, répondit-elle en allant vers la porte.

Prenant sa belle écharpe au passage, elle sortit. Rico l'attendait, superbe dans son smoking à revers de satin, aussi séduisant que la première fois qu'elle l'avait vu.

— *Bella*, murmura-t-il, la détaillant des pieds à la tête. *Molto bella.*

Bien qu'elle s'en défende, le compliment lui fit plaisir. Ayant pour une fois pris soin de son apparence, elle s'était trouvée plutôt pas mal dans le miroir : coiffure sophistiquée, maquillage subtil mais efficace qui mettait en valeur sa bouche et ses yeux noirs. Quant à la robe…

Elle avait choisi une robe bustier, longue, vert émeraude, au décolleté plongeant dans le dos, que Rico n'avait pas vue pendant les essayages. Elle n'avait jamais rien porté d'aussi osé. Quand Rico la regarda, ses yeux brillaient tellement qu'elle se sentit désirable. Elle ressentit alors ce qu'elle avait éprouvé cette fameuse nuit, deux mois et demi plus tôt, quand elle l'avait suivi, les yeux fermés, dans son loft.

La nuit était chaude et sensuelle, éclairée par un croissant de lune. Rico prit la main d'Halina, traversa le salon avec elle et l'emmena sur la terrasse.

— J'ai quelque chose pour toi, dit-il.

Il sortit un écrin de velours noir de la poche intérieure de sa veste de smoking.

— Qu'est-ce que… ? Est-ce que c'est… ? bégaya-t-elle.

— Oui, répondit-il en l'ouvrant.

Un diamant. Un solitaire somptueux. Éberluée, Halina fixa la merveille, hypnotisée. La pierre étincelait de mille feux dans l'éclat de la lune.

— Il est magnifique, chuchota-t-elle. Et énorme !

— Essaie-la.

Sans un mot, elle tendit sa main tremblante à Rico, qui glissa la bague à son doigt.

Leurs hanches se touchèrent. Malgré la nuit tombée, il lui sembla que la température grimpait de quelques degrés. Elle n'avait jamais été aussi proche de lui depuis la nuit dans la tempête de sable où elle avait eu tellement peur.

— Dorénavant, tout le monde saura que tu es à moi, dit-il, posant les mains sur ses épaules nues.

Il l'effleurait à peine et elle était électrisée. Comment, pourquoi exerçait-il sur elle un tel pouvoir ? C'était saisissant.

Brusquement, il l'attira à lui et posa les lèvres sur les siennes. Surprise, elle se cambra. Puis elle se détendit peu à peu et répondit à son baiser avec la même ardeur qu'il mettait à l'embrasser.

Halina, les yeux mi-clos, se perdait dans le plaisir que lui procurait ce baiser. Mais Rico recula brusquement, rompant le charme. Tirée brutalement de son monde merveilleux, elle battit des paupières et vit son sourire satisfait.

— Nous ferons un bon couple, affirma-t-il.

— Il n'y a pas que ça dans le mariage.

Le sourire de Rico se figea, laissant la place à un visage de marbre. Son cœur se mit à battre très fort. Elle leva la main sur laquelle brillait le diamant.

— À propos de mariage, reprit-elle, quel genre de cérémonie prévois-tu pour nous ? Parce que nous n'en avons encore jamais parlé. Je ne sais même pas quand il aura lieu.

— Dans un mois.

— Tu l'as dit à mon père ?

— Nous lui adresserons un carton d'invitation.

Elle grimaça. Son père avait eu beau la blesser, il lui manquait, le reste de sa famille aussi. Elle détestait l'idée qu'ils ne sachent pas comment elle allait, ni où elle se trouvait. Or Rico était intraitable. Il lui avait assuré que le sultan Hassan savait qu'elle était avec lui et que c'était suffisant.

— Dans un mois, répéta-t-elle très bas. Et la cérémonie ? Ce sera comment ?

Il ne répondit pas. Elle hésita, puis osa poser la question qui la taraudait :

— Je sais que tu ne m'aimes pas. Mais crois-tu que tu m'aimeras un jour ?

Elle vit Rico se raidir.

— L'amour ne m'intéresse pas, Halina. C'est un sentiment éphémère. Un détail.

Elle reçut sa réponse comme un coup de poignard dans le cœur.

— Tu as pourtant dit que tu aimerais notre enfant.

— C'est différent.

— Tu veux me dire que tu ne m'aimeras jamais, moi, c'est ça ?

— Je te dis que tu ne manqueras de rien, que je te protégerai, que je ferai passer ton bonheur avant le mien. C'est mieux que l'amour, non ? Ce truc fugace.

Ce *truc* ! Elle le regarda avec tristesse, ne sachant que lui retourner mais certaine d'une chose : sa réponse ne la satisfaisait pas.

Rico jeta un coup d'œil à Halina. Elle avait un profil de médaille mais elle était sombre. À quoi pouvait-elle penser ?

Il s'était dit que la bague scellerait leur accord et lui ferait plaisir. Quelle femme résiste à un beau bijou ? Mais elle la portait comme un poids trop lourd pour son doigt plutôt que comme le symbole de leur future union. C'était raté !

Elle lui avait posé des questions sur leur mariage, sur leur relation. L'aimerait-il un jour ? Il avait sans cesse repoussé cette conversation, attendant pour l'aborder qu'elle ait repris des forces. Priorité à sa santé et à celle de leur enfant. Mais, aujourd'hui, elle avait posé la question en des termes si directs qu'il n'avait pu éluder. Il avait été franc, lui avait dit la vérité. Elle allait devoir vivre avec.

— À quoi bon cette soirée, alors ? laissa-t-elle tomber tandis que la limousine s'insérait dans le flot de circulation.

L'air peiné, elle se tourna vers lui. Seigneur, il avait envie de l'embrasser ! Sa bouche était ronde et tentante. Elle appelait le baiser. Pourtant, il se retint.

— Rico ? l'interpella-t-elle, le sortant de ses pensées.

— C'est une soirée caritative. Pour les orphelins qui errent dans les rues.

— Une œuvre de charité que tu soutiens ?

— Oui.

À hauteur de quelques millions d'euros, mais il ne lui dirait pas combien. Le montant de son don devait rester secret. Peu de gens connaissaient son enfance gâchée et personne ne savait que son père l'avait rejeté. Il ne voulait ni s'en vanter ni faire pitié.

— Que va-t-on attendre de moi ? s'inquiéta sa désormais fiancée.

Comme d'habitude dans une soirée, faillit-il répondre.

— Bavarder, se congratuler, se sourire.

Soucieux de la détendre, il plaisanta :

— Tu sais sûrement avec quelle fourchette manger le poisson ou le dessert.

— C'est le reste qui m'effraie : sourire, faire des risettes à des personnes que je ne connais pas…

Il la regarda, étonné, ce qui la fit rire.

— Je me dis parfois que tu te trompes complètement sur la vie que je menais, expliqua-t-elle.

Déconcerté, Rico fronça les sourcils. En tant que princesse, elle avait dû assister à de nombreuses réceptions.

— Éclaire-moi, alors.

Elle haussa les épaules.

— Avant de te rencontrer, j'ai assisté à deux soirées, et ce n'était pas des soirées folichonnes, crois-moi. On recevait le corps diplomatique au palais et tout ce que j'avais à faire, c'était me montrer, baisser la tête, avoir l'air modeste et docile. Et pas question de robe du soir !

Le froncement de sourcils de Rico s'accentua encore. Décidément, sa future épouse le surprendrait toujours. Il savait qu'elle avait eu une vie protégée, rétrécie, derrière les murs du palais, mais à ce point…

— Que portais-tu dans ces occasions ?

— Des vêtements traditionnels. Très sages.

— Cette tenue que tu portes aujourd'hui, ce nouveau style de vie, ils te pèsent ?

Son rire cristallin le toucha.

— Tu me demandes si c'est difficile de vivre comme tu me fais vivre ? Non, sûrement pas. J'adore ces vêtements. J'adore les sorties.

Un nuage passa sur son visage.

— Crois-le si tu veux, j'ai plus de liberté ici à Rome avec toi qu'auparavant à Abkar.

— J'espère que tu apprécieras cette soirée, alors, dit Rico. Je suis sûr qu'on ne verra que toi.

Halina était effectivement la plus belle de toutes les femmes présentes. Tous les yeux se tournèrent vers elle quand ils entrèrent dans le salon où avait lieu la réception. Rico, amusé, observait l'assistance. Les hommes étaient séduits, sous le charme. Les femmes, intriguées, avec peut-être un soupçon de jalousie. Il attendit qu'un maximum d'invités soient arrivés pour dégoupiller sa grenade.

— Chers amis, commença-t-il après avoir réclamé le silence d'un tintement de couteau sur le cristal de son verre, laissez-moi vous présenter la princesse Halina d'Abkar.

Il lui prit ostensiblement le bras et la serra contre lui.

— Ma fiancée.

Des murmures coururent dans le salon.

— Notre mariage sera célébré le mois prochain.

— Si tôt ? railla une femme.

Rico ne la reconnut pas, mais cette voix ne lui était pas inconnue. Il soutint le regard de sa fiancée.

— Oui. Ni l'un ni l'autre ne voulons attendre. Merci de votre attention et bonne soirée à tous.

Machinalement, Halina se plaqua une main sur le ventre, révélant sans le vouloir leur secret.

— Je vais te chercher du champagne, dit-il.

— Non, de l'eau gazeuse, corrigea-t-elle.

Plusieurs personnes les ayant entendus, la rumeur d'une probable grossesse allait vite faire son chemin, songea Rico. Avant ce soir, tout le monde saurait qu'Halina était enceinte. Mais peu importait.

— De l'eau gazeuse, demanda-t-il au serveur qui passait avec un plateau de zakouski.

Après un dîner de cinq plats, autour d'une table de douze couverts, Halina s'excusa et se leva. Au bout de longues minutes, ne la voyant pas revenir, Rico s'inquiéta et partit à sa recherche. Elle devait être malade.

Après avoir fait un tour rapide des lieux, il gagna les toilettes des dames.

— Halina ? Halina, tu es là ? appela-t-il, l'oreille collée à la porte.

Pas de réponse. Deux femmes sortirent en lui lançant des regards de travers.

— La princesse Halina est-elle dans les toilettes ? demanda-t-il.

L'une des femmes, l'air coincé, haussa les épaules.

— Entrez donc voir vous-même, ricana-t-elle en s'éloignant avec son amie.

Il poussa la porte et entra. L'endroit était plongé dans le silence, mis à part le goutte à goutte d'un robinet. Soudain, il entendit un reniflement. Quelqu'un pleurait dans une cabine.

— Halina, appela Rico, ouvre. S'il te plaît, dis-moi ce qui se passe.

Au lieu d'une réponse, tout doucement, une porte s'ouvrit. Rico s'approcha de sa splendide princesse.

— Qu'y a-t-il ? Qu'est-ce qui ne va pas ?

11.

Halina nota immédiatement l'expression affolée de Rico.

— Pourquoi pleures-tu ? demanda-t-il en lui prenant les mains. Il s'est passé quelque chose ? C'est le bébé ?

— Non, ce n'est pas le bébé.

Elle se dégagea et sécha ses larmes. Elle se sentait idiote, effondrée ainsi comme une chiffe devant lui. Cette soirée était un échec, et c'était sa faute. Elle se sentait déplacée dans cette assemblée.

— Enfin, c'est une façon de parler, ajouta-t-elle.

— Que veux-tu dire ? Tu es blessée ?

Il nota qu'elle tremblait.

— Oui. Mais tu ne verras pas ma blessure. Et arrête de me regarder avec ces yeux-là, comme si tu voulais m'emmener aux urgences.

— Je ne comprends pas.

— Non, tu ne peux pas comprendre.

Elle passa devant lui et se regarda dans la glace. Quelle épave ! Son mascara qui avait coulé lui faisait des yeux de panda, et elle était décoiffée.

— Que veux-tu dire ? Explique-toi.

Voyant qu'il s'impatientait, Halina se décida :

— Je ne suis pas blessée physiquement, Rico. C'est au fond de moi que j'ai mal. Tu sais, ces choses indéfinissables que l'on ressent. Mais ce n'est pas grave.

— Si, c'est important. Qui t'a fait du mal ? Quelqu'un a dit, fait quelque chose qui t'a heurtée ? Parce que, si l'on te fait du mal, c'est à moi aussi qu'on en fait.

Elle sourit intérieurement. C'était comme une déclaration d'amour qu'il venait de lui faire sans même s'en rendre compte.

— Tu le penses vraiment ?

— Bien sûr. Mais, que s'est-il passé ? Parle.

Elle regarda autour d'elle.

— Non, pas ici. Quelqu'un risque d'entrer, et je ne veux pas entendre d'autres commentaires.

Rico fronça les sourcils.

— C'est bien ça. Quelqu'un a dit quelque chose…

— Oui, mais pas sur moi.

— Sur qui ?

Les commentaires qu'elle avait entendus dans les toilettes l'avaient blessée. Mais était-ce bien malin de les rapporter à Rico ?

— Je vais te le dire, mais dans un endroit plus discret.

Il prit son portable et tapa un texto.

— La limousine nous prend dans cinq minutes.

— Pourquoi, on s'en va ?

— Tu veux vraiment rester à cette soirée ?

— Non, mais je pensais que tu voudrais. Cette réception est importante pour toi.

Il haussa les épaules.

— Ton bien-être avant tout.

Touchée par cette attention, mais ennuyée de lui gâcher sa soirée, Halina baissa la tête. Ce soir, il devait la trouver bien agaçante. Capricieuse. Et elle culpabilisait.

Elle sortit des toilettes sans trop oser regarder Rico, qui lui prit le bras et l'emmena. Entravée par son fourreau et instable sur ses stilettos, elle avait du mal à le suivre.

— Rico, va moins vite. Avec ces maudites chaussures, je n'arrive pas à marcher.

— Désolé. Je voulais t'éloigner de là le plus vite possible.

Comme prévu, la limousine les attendait. Ils s'y installèrent et la voiture démarra.

— Tu as mal ? s'inquiéta Rico en l'entendant souffler.

— Non, ce sont ces talons aiguilles ! Je n'en ai pas l'habitude. Je me suis tordu les chevilles en te suivant.

— Enlève-les.

Sans lui laisser le temps de le faire, il se pencha et les lui ôta. Puis il lui souleva les pieds, les posa sur ses genoux et commença à les masser. Dessous puis dessus, puis les orteils, l'un après l'autre. Surprise, Halina s'abandonna.

— C'est bon, mais tu me chatouilles, dit-elle soudain en se tortillant.

Rico prit un coussin posé sur un siège et le lui glissa derrière la tête.

— Voilà. Maintenant, dis-moi ce qui s'est passé.

Halina ferma les yeux et se laissa masser. Rico avait des doigts magiques. Leur pouvoir sur ses pieds endoloris était fantastique.

— Ce n'était pas si grave. J'ai dramatisé. Excuse-moi.

Elle soupira. Les mains de Rico allaient et venaient, douces, soyeuses, sur ses chevilles, ses pieds. C'était jouissif.

— J'étais dans une cabine des toilettes quand des femmes sont entrées. Elles ont commencé à parler de moi. Et de toi.

Il décrivait à présent des cercles avec ses pouces. Ses gestes étaient lents et rythmés.

— Et qu'ont-elles raconté ?

— Elles savaient que j'étais enceinte. Je ne sais pas comment…

— Tu as mis ta main sur ton ventre quand j'ai annoncé nos fiançailles, puis tu as réclamé de l'eau gazeuse.

— Oh ! Je n'en rate pas une ! Ça explique tout.

— Cela ne me dérange pas que les gens sachent, déclara Rico d'une voix sourde. Ça ne me dérangera jamais. Tu vas être ma femme et tu portes mon enfant.

— Ça ne t'ennuie pas d'avoir couché avec moi ? Et que je sois enceinte ? Je sais que j'ai détruit ta vie.

Elle rouvrit les yeux pour voir sa réaction. Mais dans l'obscurité, elle ne pouvait déchiffrer son expression. Rico se pencha vers elle et capta son regard.

— Tu n'as pas détruit ma vie.

— Quand même, te retrouver affublé d'une femme et d'un bébé que tu n'as pas désirés, alors que tu as toutes ces maîtresses…

Une pensée germa brusquement dans son esprit, évidente, effroyable.

— Vas-tu… Vas-tu continuer à en avoir, après notre mariage ? bredouilla-t-elle.

Il parut choqué par sa question.

— Bien sûr que non ! Pour qui me prends-tu ?

— Tu n'as pas voulu ce qu'il t'arrive.

— Toi non plus. Et de toute façon, je ne pense pas être malheureux avec ma femme.

En la regardant droit dans les yeux, il glissa la main de sa cheville à son genou.

— Faut-il que je te rappelle combien nous avons été bien ensemble, *bella* ? Un feu d'artifice.

Les doigts de Rico remontèrent plus haut.

— C'est à peine si tu m'as touchée depuis que tu m'as revue, protesta-t-elle.

— Je voulais que tu te reposes. Que tu reprennes des forces.

— En plus, j'avais l'air d'un vieux torchon !

— Tu es toujours belle à mes yeux. N'en doute jamais.

Le regard intense, presque fiévreux, il glissa la main dans le creux de sa cuisse, puis encore plus haut. Ses doigts souples et habiles savaient comment s'y prendre… Secouée de frissons, Halina posa la main sur la sienne, sans savoir si c'était pour qu'il cesse ses caresses ou pour les accompagner.

— Nous ne sommes pas bien ensemble ? murmura-t-il. Nous l'avons toujours été, non ?

— Toujours ? se moqua-t-elle. Tu veux dire la seule fois.

— J'espère en connaître beaucoup d'autres. Tu m'as trop gâté, je ne veux plus d'autres femmes.

Elle commença à haleter. La main de Rico était entre ses cuisses, très haut. S'il continuait, elle ne résisterait pas.

— Tu ne m'as toujours pas dit ce que tu as entendu.

Du bout du doigt, il souleva la dentelle de sa culotte, ce qui décupla ses frissons. Insensiblement, Halina glissa sur son siège et ouvrit un peu les jambes.

— Je ne sais pas, tout s'est mélangé. Ce que j'ai entendu ce soir, ce que j'avais entendu avant notre première nuit. Il paraît que tu as rendu plus d'une femme malheureuse et que… et aussi que…

Elle s'interrompit, haletante. Les doigts de Rico s'étaient faits plus insistants, plus audacieux : sous sa culotte, ils lui massaient le clitoris en lents mouvements circulaires, avec des gestes précis.

— Elles disaient que tu étais… très bon au lit, ou quelque chose comme… ça, poursuivit-elle. Et que…

Halina ne put continuer. Secouée de tremblements qu'elle ne contrôlait plus, elle se tendit vers l'homme qui la faisait jouir et, après un petit cri, retomba sur son siège, heureuse et sans forces.

Rico se pencha sur elle et l'embrassa avec fougue.

— Je viens de le prouver, non ?

Étourdie, gênée de voir sa robe remontée jusqu'aux hanches, Halina se souleva pour la redescendre.

— De quoi j'ai l'air…, murmura-t-elle.

— Tu es magnifique !

Rico lui prit le menton entre les doigts.

— C'est très excitant, tu sais, de te voir te tordre de plaisir sous mes caresses. Tu veux savoir ce que ça me fait ?

Halina hocha la tête sans rien dire. Sa voix rauque, son regard voilé, la tension de tout son corps le trahissaient : Rico la désirait.

— Quand nous serons à l'appartement, reprit-il, je te montrerai.

Rico désirait sa princesse. Il avait envie d'elle, de la prendre, là, tout de suite, de la voir onduler sur lui, sous lui, s'offrir sans retenue. Il voulait tout d'elle. Tout.

Cela ne lui était jamais arrivé de désirer une femme

avec autant d'impatience. De fièvre. De la vouloir à lui. De la posséder. Totalement. Égoïstement. Pour son plaisir à elle mais, surtout, pour le sien propre.

La limousine finit par arriver devant son immeuble. Ils descendirent.

— Mes chaussures ! s'écria Halina.

Dans son empressement, il avait oublié qu'elle était pieds nus.

— Laisse-les. On en achètera d'autres.

En courant, ils entrèrent dans l'immeuble et se dirigèrent vers l'ascenseur. Les portes à peine fermées, Rico saisit Halina par la taille et la plaqua contre la cloison.

Elle gémit, lui prit le visage à pleines mains, lui ébouriffa les cheveux, lui griffa la nuque, les épaules, le dos, redescendit vers ses hanches et le pressa contre elle.

Mais ce n'était pas assez. Il empoigna son fourreau et le souleva jusqu'à sa taille. Il voulait la sentir contre lui, sentir sa chair, sa peau.

— Rico... Non ! protesta-t-elle sans conviction.

Il s'immobilisa.

— Tu as envie de moi ? lui demanda-t-il. Je suis fou de toi, Halina. Mais toi ?

Il y avait de l'inquiétude dans sa voix.

— Tu sais bien que oui !

La porte de son appartement à peine ouverte, il prit Halina dans ses bras et fonça dans sa chambre.

— Alors, montre-le-moi !

— Je l'ai déjà fait, avança-t-elle tandis qu'il la déshabillait.

Il la déposa sur le lit.

— Je ne vois pas comment tu peux en douter, Rico. Je suis... Comment dire ? J'ai la tête dans les étoiles depuis que je te connais.

— Ça me plaît. C'est comme ça que je veux que ce soit.

Il défit sa cravate, enleva sa chemise, arrachant dans sa précipitation les petits boutons de nacre qui volèrent dans la chambre. Le contrôle qu'il avait sur tout, y compris et surtout sur lui-même, avait disparu. Il désirait cette femme.

Il *était* le désir. Se débarrassant à la va-vite du reste de ses vêtements, il prit Halina dans ses bras.

— J'ai rêvé de ça, marmonna-t-il contre sa peau, la palpant, ne sachant plus où donner de la tête. J'en rêve depuis l'instant où tu es sortie de ma suite, dans cet hôtel, il y a deux mois.

— Moi aussi, avoua-t-elle, se cambrant sous ses caresses. Ce n'est pas faute de m'être raisonnée, pourtant.

Il avait fait la même chose. Mais pour l'instant, ce qu'il pensait de l'amour — une faiblesse —, il s'en moquait. Pour l'instant, il désirait sa princesse, et c'était tout.

Quand il glissa en elle, il ressentit une immense libération, comme si un énorme poids lui était enlevé. Il serait bien resté là, en elle, pendant des heures. Là, il se sentait bien, parce que là était sa place, son nid. Parce qu'il avait enfin trouvé la douceur qu'il n'avait jamais eue.

Elle se tendit vers lui, s'accorda au rythme accéléré de ses va-et-vient et il s'oublia complètement.

Plus tard, une fois les battements de son cœur ralentis, et ses idées plus claires, Rico réfléchit. Il avait complètement perdu la tête. Halina aussi. Il n'avait pas su se dominer.

Allongée près de lui, elle s'étira.

— Merveilleuse façon de finir une soirée, dit-elle.

— La soirée ne fait peut-être que commencer.

Il roula sur le côté, vers elle.

— Au fait, tu n'as pas fini de me dire ce que ces femmes racontaient, ce soir.

— Bof…

— Si, je veux savoir.

— Elles n'en revenaient pas que tu te sois fait *avoir*. Elles ont dit que c'est uniquement parce que je suis enceinte et princesse que tu m'épousais. Parce qu'on n'est pas du même monde, toi et moi, et qu'on n'a rien à faire ensemble.

Fou de rage, Rico se raidit. Ah, ces vipères ! Comment

osaient-elles dire des choses pareilles sur la femme qu'il avait choisie ?

— Ça te met en colère, on dirait. Il n'y a pas de raison. C'est vrai, non ?

— Quoi ? Non, ce n'est pas vrai, s'écria-t-il.

— Allez, sois honnête.

— Je te dis que c'est faux !

— Tu ne m'épouserais pas si je n'étais pas enceinte. Et le fait que je sois d'une famille royale ne te déplaît pas non plus.

— Ce que tu dis est faux, Halina. Et absurde !

— Je ne te crois pas.

— Tu dis que si tu avais été une personne lambda je ne t'aurais pas épousée ?

— Tu l'aurais fait ?

— N'importe quelle femme attendant un enfant de moi, je l'aurais épousée.

— Aucune des femmes que tu as eues ne s'est retrouvée enceinte, alors ?

— Non, j'ai toujours pris mes précautions, protesta-t-il.

Elle hocha la tête.

— Je sais, c'est ma faute. Je t'ai dit qu'il n'y avait aucun risque.

Exaspéré par cette conversation, Rico se redressa. Les maîtresses, les folles soirées de luxure, c'était fini, tout ça. Aujourd'hui, il était différent.

— Ce que je veux dire, reprit Halina, c'est que ma grossesse a précipité le mouvement. C'est faux ?

Elle lui fit un sourire qui estompa sa colère.

— C'est faux ? insista-t-elle, avec ce même sourire qui le calmait.

Elle n'avait pas complètement tort. Si elle n'avait pas été enceinte, il ne l'aurait pas épousée. Il ne l'aurait même jamais revue. C'était évident à première vue. À première vue seulement.

Elle commença à se lever.

— Je vais retourner dans mon lit.

Rico la retint.

— Non, tu dors ici.

Malgré l'obscurité qui régnait dans la pièce, il lut la surprise sur son visage.

— Tu seras bientôt ma femme. Dorénavant, nous dormirons ensemble. Il est temps…

Il l'attira à lui et lui blottit le visage au creux de son épaule.

— … que nous parlions des détails de notre mariage, acheva-t-il.

12.

— Cette robe est élégante, dit la vendeuse à Halina. Et elle estompe les formes si c'est ce que vous souhaitez.

Halina sourit et caressa le satin ivoire de la robe Empire, idéale pour cacher son début de grossesse.

Cela faisait trois semaines que Rico et elle vivaient vraiment ensemble, comme mari et femme. Leur mariage était prévu pour dans quinze jours.

Les trois semaines passées avaient été heureuses. Halina les avait vécues pleine d'espoir, mais aussi d'inquiétude.

Elle avait dormi toutes les nuits avec Rico, dans ses bras. C'était un amant tendre et attentif, qui savait éveiller son corps aux sensations enivrantes et au plaisir. Elle avait acquis de l'expérience et gagné en assurance. Elle se permettait maintenant des gestes plus audacieux, plus précis qui le tétanisaient, l'exaltaient. Ils étaient très intimes aujourd'hui, très complices physiquement. Et ce qu'elle éprouvait dans ses bras était émotionnellement très fort. Quand il la prenait, il la bouleversait. Quand elle le prenait dans sa main et le caressait, il montait au septième ciel.

Il n'y avait pas qu'au lit qu'il était merveilleux. Dans la vie de tous les jours, il était aussi plein d'attentions. Soucieux de lui faire plaisir, il revenait souvent avec une douceur qu'elle adorait, fraises, gâteaux ou chocolat. Il l'accompagnait chez le médecin et ils organisaient ensemble leur prochain mariage, qui, selon la presse people, allait être l'événement de l'année.

Halina n'était pas chaude pour une telle publicité autour

de leur mariage. Depuis la soirée d'officialisation de leurs fiançailles, ils étaient sortis plusieurs fois ; elle avait réussi à garder son sang-froid malgré les regards narquois et les sarcasmes de certaines femmes.

— Elles sont juste jalouses, avait dit Rico. N'y prête pas attention.

Halina avait fini par réussir à en rire.

— Ta remarque ne serait-elle pas un peu suffisante ?

— Peut-être. Mais c'est vrai.

La date du mariage approchant, elle avait commencé à s'énerver, passant de l'excitation à la peur. Excitation mêlée d'impatience à la pensée de fonder une famille avec Rico. Peur de ne pas être aimée à hauteur de son espérance.

Les attentions de son futur mari, sa délicatesse même, ne lui suffiraient pas car elles ne régleraient pas le fond du problème : il ne l'aimait pas d'amour. Il avait été clair à ce sujet et il ne changerait pas. À elle de se contenter de ce qu'il lui offrirait.

— Voulez-vous l'essayer ? demanda la vendeuse.

Malgré sa soudaine tristesse, Halina hocha la tête de haut en bas. Il lui fallait une robe de mariée. L'église et la salle de réception avaient été réservées, le menu du dîner fixé, le champagne commandé et les invités, six cents personnes environ, conviés.

Cela faisait déjà un moment qu'elle cherchait sa robe et n'avait encore rien trouvé de satisfaisant. Il était temps qu'elle se décide.

Encore dans ses pensées, elle entra dans la cabine d'essayage et passa la robe Empire. Le bustier, rehaussé de mini-perles de cristal, scintillait de mille feux. La jupe en satin ivoire, souple, au tombé parfait, épousait ses hanches sans les serrer et descendait à ses chevilles. C'était simple et de bon goût. Ravissant.

Halina essaya de s'imaginer en train de remonter la nef de l'immense église et tressaillit. Elle marcherait seule : son père avait refusé d'assister au mariage, interdit à sa mère et ses sœurs de venir. Leur absence plombait son humeur et Rico en pâtissait. Il fallait qu'elle se méfie de ses sautes d'humeur car il était tout ce qu'il lui restait. Même s'il ne l'aimait pas.

— Qu'en pensez-vous, *signorina* ? demanda la vendeuse depuis l'extérieur de la cabine d'essayage.

Halina se regarda dans la glace. Visage pâle, grands yeux tristes, mine défaite.

— C'est bien. Je vais la prendre.

En tremblant, elle passa les mains derrière son dos pour défaire le bustier. Pourquoi tremblait-elle ? Qu'est-ce qui n'allait pas ? Ces trois dernières semaines lui avaient apporté du bonheur. Elle avait fait et vu des choses passionnantes. Et malgré cela…

C'était ce mariage. Ce mariage sans amour. Sans famille. Pour la vie. *Une vie entière, c'est long quand on ne s'aime pas*, se dit-elle, fermant les yeux comme pour ne plus voir ce qui l'attendait.

— *Signorina ?*

La vendeuse écarta discrètement le rideau de la cabine. Halina, appuyée contre le miroir, dévastée, sursauta.

— Oh ! pardon ! s'excusa-t-elle, gênée d'être surprise. Je sors tout de suite.

La femme lui sourit.

— On a toujours peur quand on se marie, c'est normal.

Ce n'était pas le mariage en soi qu'elle redoutait, c'était le manque d'amour de Rico. Essayant de se ressaisir, elle laissa la robe glisser à ses pieds, se rhabilla et sortit.

— Je vais la prendre, répéta-t-elle en tendant la robe à la vendeuse.

— Vous êtes sûre ? Vous ne voulez pas en essayer une autre ?

Non. Pour la robe, elle était sûre de son choix. Pour le reste…

Halina ramena ses cheveux en arrière et dit au revoir à la vendeuse. Elle avait rendez-vous avec Rico dans un nouveau restaurant, trois étoiles, Via dei Condotti. Il ne fallait pas qu'il se rende compte de ses doutes car elle n'avait pas envie qu'il lui pose de questions, voire la sermonne.

Rico se leva pour aller à sa rencontre et l'embrassa sur la joue.

— As-tu trouvé ta robe ?

— Oui, c'est fait.

Elle s'assit et sourit.

— Je crois qu'elle est jolie.

Rico la dévisagea et fronça les sourcils.

— Qu'est-ce qui ne va pas, Halina ?

Pour un homme, il était d'une perspicacité surprenante. C'était très agaçant.

— Tout va bien, mentit-elle, plongeant la tête dans le menu.

— Ne me raconte pas d'histoires.

Elle releva le nez.

— Comment le sais-tu ?

— C'est mon sixième sens qui me le dit. C'est comme cela quand on s'entend bien.

« Quand on s'entend bien… » Il n'avait pas dit : « Quand on s'aime », ce qui lui aurait redonné espoir. Non, elle allait devoir se contenter des biens matériels qu'il lui offrirait. Or ce n'était pas ce dont elle rêvait. Elle l'aimait. Elle était amoureuse de lui, envers et contre tout. C'était peut-être stupide, mais elle n'y changerait rien.

L'amour vu par Rico était une émotion éphémère, qu'il balayait d'un revers de main. Il avait tort, c'était beaucoup plus que cela. Halina le savait désormais puisqu'elle l'éprouvait. Elle s'était souvent demandé ce qu'on ressentait quand on aimait, si elle saurait reconnaître ce sentiment. Elle avait la réponse aujourd'hui. Elle aimait Rico, ce qui l'emplissait à la fois de joie et de désespoir car lui ne l'aimait pas.

— Alors ? insista-t-il. Que s'est-il passé ? Quelqu'un t'a mal parlé ? Dis-moi.

Elle savait qu'il n'aimerait pas entendre ce qui la faisait souffrir.

— Non, Rico. Ça ne servira à rien, qu'à t'ennuyer. J'ai le droit de garder certaines pensées pour moi.

— Je ne te demande pas de me dire tout ce que tu penses. Mais si quelque chose te gêne, je veux y remédier.

— Tu ne pourrais pas.

Sa réponse aggrava l'air inquiet de son compagnon.

— Je suis certain que si.

Il devait détester l'idée qu'elle doute de son pouvoir de tout contrôler.

— Non, dit-elle d'un ton sans appel. Maintenant, si on commandait ?

Rico fit signe au maître d'hôtel. Une fois leur commande passée, Rico changea de sujet :

— Tu es contente de ta robe ?

— Oui, elle est très jolie.

À dire vrai, elle ne se rappelait ni la coupe ni le tissu, juste les mini-perles qui brillaient sur le bustier. Elle l'avait achetée seule, sans personne pour la conseiller. Elle avait rêvé d'autre chose… Si elle avait été chez elle, ses sœurs, excitées comme des puces, l'auraient entourée. Elles auraient ri, se seraient chamaillées, sa mère lui aurait prodigué ses conseils, trop sans doute, mais bienveillants et sages. Même son père aurait été présent pour donner son avis.

Des larmes lui piquèrent soudain les yeux. Elle cligna des paupières pour les empêcher de couler. Trop tard, Rico avait vu.

— Halina, s'il te plaît, dis-moi ce qui ne va pas. Je ne supporte pas de te voir malheureuse.

— Ma famille me manque, c'est tout. J'aimerais qu'ils soient là pour mon mariage.

— Je comprends. Hélas, je ne peux pas y faire grand-chose.

Elle renifla, but une gorgée d'eau gazeuse.

— Excuse-moi. Ça ira mieux tout à l'heure. Ce sont ces fichues hormones qui me jouent des tours !

C'était vrai, mais partiellement seulement. Elle s'efforça de sourire.

— Ne t'excuse pas, dit-il en scrutant son visage. Tu es sûre qu'il n'y a pas autre chose ?

Elle le fixa, hésita un moment. Rico ne la lâcherait pas, elle le savait. Il ne lui restait qu'à se jeter à l'eau.

— OK. Je suis triste parce que tu ne m'aimes pas et que j'ai bien compris que tu ne m'aimeras jamais. J'essaie d'accepter, mais c'est difficile. Je sais, j'étais sur le point d'épouser un inconnu… Il n'empêche. Un mariage sans amour n'est pas ce dont je rêvais.

Rico était interloqué par ce qu'il avait entendu. Il avait dû mal s'exprimer pour qu'elle l'ait si mal compris.

— Ne prends pas cet air consterné, dit-elle. Je sais dans quoi je m'engage.

Elle détourna le regard, cligna des yeux.

— Je ne savais pas que tu avais un tel besoin d'être aimée, dit-il. C'est bizarre.

Elle se retourna, le fixa de nouveau.

— Cela t'étonne ? Tout le monde rêve d'être aimé, non ? C'est toi qui es bizarre, Rico. Pas moi.

Elle voulait être aimée ? Rico soupira. C'était quoi l'amour ? Un sentiment, aussi éphémère que la brume matinale. Une invention des hommes. Elle pouvait apprendre à s'en passer, comme il l'avait fait. Tout serait tellement plus simple. Il allait s'employer à l'en convaincre.

— Halina, commença-t-il. Ce n'est pas parce qu'on ne s'aime pas qu'on ne peut pas être heureux ensemble.

Des larmes brillèrent dans les yeux d'Halina.

— Je sais que tu n'es pas à l'aise avec les sentiments. Excuse ma franchise, mais c'est toi qui as insisté.

— De grâce, ne t'excuse pas tout le temps !

Le jugeait-elle si intransigeant et dur qu'elle se sente obligée de s'excuser en permanence ? Le voyait-elle comme un personnage bouffi de certitudes et qui ne cédait jamais ? Peut-être l'était-il *avant*, mais il avait l'impression d'évoluer.

— On ne se change pas, laissa-t-elle tomber. Et on ne change pas les autres.

— Ce n'est pas une raison pour être triste, rétorqua Rico, agacé. Et puis, c'est quoi l'amour pour toi ? Un ressenti ? Un peu de chaleur dans ton cœur ?

Son ton railleur contraria Halina. Machinalement, elle répliqua sur le même ton, avec la même impatience :

— C'est un symbole, Rico. Mais ce n'est pas tout. Et tu le sais puisque tu as déjà aimé.

Elle l'observait, menton pointé, bravache. Déstabilisé, ce qui lui arrivait rarement, il se crispa.

— Qu'est-ce qui te fait dire ça ?

— Tu l'as dit toi-même. Tu m'as dit que c'était une vieille histoire, mais elle a dû te faire beaucoup de mal pour que, des années plus tard, tu refuses toujours d'aimer et de te laisser aimer.

— *Elle ?* répéta Rico.

Halina se retourna.

— Oui. Cette femme. Je ne sais pas qui.

— Il n'y a jamais eu de femme.

Par facilité, il aurait pu mentir, mais Halina était enceinte, il ne devait pas la tourmenter inutilement.

— Je te l'ai déjà dit, je n'ai jamais été amoureux.

— C'est qui ce chagrin d'amour, alors ?

Rico reçut la question comme un coup de poing.

— Mon père, dit-il. Il m'a démoli quand j'étais petit, je ne l'ai jamais oublié.

— Que t'a-t-il fait ?

— Il ne m'a pas rendu mon amour.

Bref. Sec. Cassant. L'aveu d'un adulte blessé quand il était enfant. Étonnée, Halina le fixa.

— C'est à cause de lui que tu ne veux plus aimer personne ? Pour quelque chose qui s'est passé quand tu étais gamin ?

— J'ai appris la leçon et je l'ai retenue. L'amour est

une illusion. Il ne dure pas. Il n'adoucit pas la vie car tu ne peux pas compter sur lui. C'est sournois, l'amour. Le moment venu, il te file entre les doigts comme une anguille. Franchement, toi et moi, nous sommes mieux sans.

— Je comprends mieux maintenant que tu raisonnes comme cela. C'est normal.

— Je sais que j'ai raison.

Une envie absolue de lui prouver qu'elle faisait fausse route, qu'elle devait laisser ce délire aux midinettes le démangea.

— Réfléchis, Halina. Tu veux que je t'aime. Ça veut dire quoi ? Il ressemblerait à quoi, cet amour ? Franchement !

Elle rougit, furieuse.

— Tu veux peut-être que je te fasse un dessin ?

Allongeant le bras sur la table, il posa sa main sur la sienne.

— Sois gentille. S'il te plaît.

Elle retira sa main et croisa les bras.

— Cela voudrait dire que je compte pour toi. Que tu ne supportes pas d'être loin de moi. Que je fais briller le soleil et rends à tes yeux le ciel plus bleu. Qu'à nous deux, on ne fait qu'un.

Halina secoua la tête, dépitée.

— Combien de clichés dois-je aligner dans mon inventaire, Rico ? L'amour, c'est simple. C'est évident. Tu aimes ou tu n'aimes pas. Et si tu n'aimes pas, ce que tu ressens est de l'affection, ou du devoir, ou quelque chose d'intermédiaire, et ce sentiment-là finira par pâlir et mourir. Il ne suffira plus. C'est ce que je redoute. Je ne veux pas un jour lever les yeux de mon assiette ou me retourner dans notre lit et voir l'absence dans ton regard.

— Je te jure que cela n'arrivera jamais.

— Comment le sais-tu ? Ne promets rien.

En colère, Rico posa les mains à plat sur la table.

— Et tu penses que l'amour te mettra à l'abri de *ça* ? Que c'est une garantie ? Que si je t'aimais, mon amour ne s'éteindrait jamais ? Parce que, je te le dis, ce n'est pas vrai.

L'amour ne garantit rien. La vie ne t'a donc rien appris ? Regarde ton père. Tu pensais qu'il t'aimait. N'empêche, il était prêt à sacrifier ton bébé. Et il ne viendra pas à ton mariage. C'est ça, l'amour ?

Son accès de colère passé, il regretta de lui avoir asséné des paroles aussi dures. Il était tellement immergé dans ses propres souvenirs qu'il s'était lâché. Fâché. C'était trop bête. Espérant se faire pardonner, il prit les mains d'Halina.

— Tu as peut-être raison, soupira-t-elle finalement. L'amour est peut-être éphémère, mais je préfère croire qu'il peut durer. Quant à mon père, nous faisons tous des erreurs, nous faisons tous des choses discutables, mais au fond de nous, l'amour demeure. Alors je préfère croire que mon père m'aime toujours et qu'il finira par se rendre compte des erreurs qu'il a commises. C'est ma différence avec toi. Ceux qui t'aiment peuvent se tromper. Ce ne sont que des humains. Et parce qu'on s'aime, on n'oublie pas mais on pardonne. On devient plus fort et on passe à autre chose. Ensemble. Tu m'as demandé ce qu'est l'amour. C'est ma définition.

Rico la regarda, impressionné par sa démonstration et honteux du néant qu'il avait en lui. Piteux. Avait-il déjà ressenti ce qu'elle venait de décrire ? Il n'avait pas reçu mais avait-il donné ? Au fond, savait-il ce qu'était l'amour ?

— Nous voilà de retour à la case départ, dit Halina, se forçant à rire. Il n'y a pas de solution, n'est-ce pas ? Nous allons nous marier, tu ne m'aimeras jamais. Je dois juste vivre avec cette certitude.

— Je ne t'aimerai peut-être pas mais, comme je te l'ai dit, je te protégerai et je subviendrai à tes besoins. Je serai loyal, fidèle, et je ferai tout ce qui est en mon pouvoir pour te rendre heureuse. Ce n'est pas suffisant ?

— Il le faudra bien.

13.

Une semaine avant le mariage, Halina se réveilla au milieu de la nuit, de terribles crampes au ventre. Cela faisait huit jours qu'elle avait eu cette conversation sérieuse avec Rico, huit jours pendant lesquels elle avait appris à vivre sans amour, en essayant malgré tout de faire bonne figure. Parfois, elle pensait entrevoir l'amour : quand Rico et elle riaient ensemble, ou quand, la nuit, il passait le bras autour d'elle pour la serrer contre lui. Mais au réveil, il s'écartait et elle se retrouvait sans illusions. Le bonheur serait toujours insaisissable.

Pour l'heure, elle était au lit, les yeux grands ouverts et l'estomac mal en point. Elle était enceinte de quatre mois et, ces derniers jours, elle avait senti les premiers mouvements, qui l'avaient ravie.

Un peu inquiète, elle glissa du lit et alla à la salle de bains, espérant que la douleur qu'elle ressentait était due au dîner qu'elle digérait mal. Mais quand elle vit du sang dans la cuvette des toilettes, elle sut que le tikka massala n'était pas en cause. Et elle poussa un petit cri.

Aussitôt, elle entendit la voix de Rico qui l'appelait depuis la chambre :

— Halina ?

Tremblante, elle sortit de la salle de bains.

— Je saigne, chuchota-t-elle. Rico, je saigne.

— Je t'emmène aux urgences, dit-il sans hésiter.

Il sauta hors du lit. Figée, Halina le regarda se préparer, enfiler une chemise et un pantalon.

— Halina, il faut qu'on y aille !

— J'ai peur.

Recroquevillée sur elle-même, elle se mit à pleurer.

— Je ne veux pas perdre ce bébé. Je ne peux pas. Je ne peux pas. Pas après tout ce que…

— Tu ne le perdras pas !

Rico la prit par les épaules et la regarda dans les yeux.

— Tu ne le perdras pas. Les médecins vont voir ce qu'il se passe et tout ira bien.

Elle hocha la tête. Elle claquait des dents.

— Allez, dit Rico, la poussant doucement. Va t'habiller, je vais t'aider.

Elle se sentait perdue, comme une enfant sans repères qu'il faut guider. Après lui avoir enlevé sa chemise de nuit, Rico lui enfila une tenue de maternité ample.

— Je suis désolée, dit-elle. Je suis gelée…

— Chut.

Rico déposa un baiser sur son front.

— Ne t'inquiète pas. Ça va aller.

Il lui prit la main et alla avec elle jusqu'à la voiture, un de ces modèles sportifs qu'il affectionnait. Halina s'installa côté passager et croisa les bras. Bien que la nuit soit douce pour une fin septembre, elle grelottait.

Les urgences de l'hôpital étaient très éclairées et bruissaient d'activité. Des malades patientaient sur des sièges, d'autres sur des brancards. Rico se précipita à l'accueil.

— Ma femme est enceinte. Elle perd du sang, déclara-t-il à l'infirmière.

Elle prit leurs noms et remplit une fiche de renseignements.

— Asseyez-vous. On va s'occuper d'elle.

Rico alla s'asseoir et prit la main d'Halina.

— Tu es gelée, dit-il en lui frottant les doigts.

— J'ai l'impression que je ne me réchaufferai jamais.

— Mais si. Ça va aller, ne t'inquiète pas.

— C'est toi qui le dis. Je crains que ce ne soit pas le cas.

Sa voix se cassa.

— J'ai peur que ce soit grave, reprit-elle. Ce n'est pas toi qui décides, Rico. Ce n'est pas une tempête de sable. Tu ne gères pas tout, tout le temps, même si tu détestes ça.

— Tu as raison, je déteste ne pas tout contrôler.

Il prit ses deux mains et les serra dans les siennes. Il avait les traits tirés, durs. La situation lui échappait et il le supportait mal.

— *Signora* Falcone ?

Halina jeta un coup d'œil à Rico et se leva. Elle suivit l'infirmière dans un box et attendit. Très vite, un médecin surgit.

— Bien, qu'est-ce qui vous arrive ? demanda celui-ci tout en se lavant les mains.

Halina lui expliqua.

— Vous êtes à seize semaines environ ?

— Exactement seize.

— Ce n'est pas anormal d'avoir un saignement pendant une grossesse, mais cela peut aussi indiquer un problème. Je vais écouter les battements du cœur de l'enfant.

Elle s'allongea sur la table d'examen. Rico, qui l'avait suivie, lui tenait la main. Le médecin alluma l'échographe, puis il passa la sonde sur l'abdomen d'Halina, le regard rivé sur son écran.

Les yeux fermés, Halina attendit les battements du cœur de son bébé. Mais rien ne vint. Pas un bruit, pas un souffle. Ça ne pouvait pas être fini. C'était impossible. *S'il te plaît, bébé*, pria-t-elle en silence. *S'il te plaît, vis.*

Le docteur arrêta l'appareil, l'air soucieux.

— Je vais demander un scanner, dit-il. Les battements du cœur sont parfois difficiles à entendre.

Il leur sourit, l'air compatissant.

— Mais il faut s'assurer que ce n'est pas autre chose. Seul le scan pourra nous le dire.

Halina hocha la tête. Elle était transie, anesthésiée, tellement ailleurs qu'elle n'avait même plus peur. Sans dire un mot, elle descendit de la table d'examen et, main dans la main avec Rico, se réinstalla dans la salle d'attente. Autour d'eux régnait une grande agitation. On se bousculait, s'invectivait parfois. Des enfants dormaient sur les genoux de leur mère, les bébés pleuraient.

Elle préféra détourner le regard de ces enfants. Elle aurait donné cher pour être une de ces mères, aujourd'hui, pour tenir un bébé, même hurlant, dans ses bras.

— Ça va aller, la rassura Rico à voix basse.

Exaspérée, elle se tourna vers lui.

— Arrête de dire ça ! Qu'est-ce que tu en sais ? Pour l'instant, j'ai l'impression que c'est plutôt le contraire. Le médecin n'a pas entendu un seul battement…

Elle s'arrêta, essoufflée.

— Tu as raison, répondit Rico. Je ne sais pas, et je déteste ça, parce que je ne peux pas t'aider.

Au bord des larmes, elle cilla.

— Mais si, tu peux m'aider. En étant avec moi dans cette épreuve. N'essaie pas de prendre les choses en main. Reste auprès de moi, c'est tout. C'est possible ?

Il la regarda, la mine grave.

— Bien sûr que c'est possible.

Rico détestait ce qu'il se passait. La peur et la douleur d'Halina. Sa propre peur et sa peine, aussi. Il détestait leur monde qui se brisait sous ses yeux et son impuissance à remettre de l'ordre dans ce chaos. Il voulait ce bébé. Il voulait qu'il vive.

Il ne s'agissait pas seulement de la survie d'un enfant. Il s'agissait d'eux. Halina et lui. De leur relation. De leur union. Toutes ces semaines, il avait appris à vivre avec elle. Il avait aimé sa présence. Beaucoup. Il n'imaginait plus désormais sa vie sans elle.

Mais si leur bébé mourait, ils n'avaient plus de raison de se marier…

Prenant conscience de cette réalité, Rico sentit sa gorge se serrer. Trop heureuse de recouvrer sa liberté, Halina s'empresserait de le quitter. Elle l'avait dit clairement : elle l'épousait contrainte et forcée car il ne l'aimait pas. Pour quelqu'un qui rêvait d'amour éternel, elle était loin du compte avec lui.

— *Signora* Falcone ?

Halina leva les yeux.

— Le scanner est par là. Suivez-moi.

Le local était plongé dans l'obscurité et le silence. L'air peu rassurée, Halina s'allongea de nouveau sur une table d'examen. Elle avait l'air si fragile, étendue là, attendant, inquiète, d'entendre le cœur de son bébé, que Rico s'en émut et prit peur. Peur que tout s'effondre. Peur du vide, du néant.

Il connaissait bien cette peur-là. Il l'avait éprouvée le jour où son père, visage sombre mais déterminé, l'avait déposé sur les marches de l'orphelinat de Salerne.

— Ils prendront soin de toi ici, avait-il dit.

Dans un torrent de larmes, Rico avait supplié :

— Je veux rester avec toi, papa. S'il te plaît.

Désespéré, il s'était agrippé à la manche de son père, qui l'avait repoussé. Il l'avait vu s'enfuir, sans un regard en arrière. Pas un. À cet instant, Rico s'était juré que plus jamais personne ne lui ferait de mal.

— Rico !

Halina avait saisi sa manche, comme il l'avait fait avec son père. Il battit des paupières pour éloigner les souvenirs qui n'avaient jamais cessé de le miner.

— Écoute, notre bébé !

Il fixa l'écran. Un bébé miniature se tortillait comme un haricot sauteur dans une sorte de cocon.

— Bébé semble aller très bien, dit le radiologue.

Halina ne put retenir une explosion de joie, qui se conjugua au rire de Rico.

— Il semblerait, *signora* Falcone, poursuivit le médecin, que vous ayez eu un hématome sous-chorionique, un saignement entre le bébé et la paroi utérine.

— C'est inquiétant ? demanda Rico.

— En principe, non, sauf si cela se renouvelle. Tout saignement pendant une grossesse est à surveiller.

Cette explication ne la rassura pas.

— Et maintenant ? demanda Rico. Que fait-on ?

— Votre épouse doit continuer à vivre normalement. C'est ce que nous conseillons aux futures mamans. Ralentissez un peu si c'est possible, évitez les stations debout prolongées et de porter des paquets trop lourds. En cas de nouveau saignement, n'hésitez pas à appeler.

Le soleil levant répandait sur les rues vides de Rome une lumière rose dorée. Le trajet du retour se déroula sans un mot, mais sans la tension qui avait accompagné l'aller.

De retour dans le loft, Halina alla tout de suite se coucher. Rico la borda dans le lit comme une enfant.

— Tu vois ! dit-il, déposant un baiser sur ses lèvres. Je te l'avais dit.

Halina, visiblement épuisée, lui sourit et sombra aussitôt dans le sommeil.

Revenu au salon, Rico prit son ordinateur portable et passa plusieurs heures à éplucher les articles sur les hématomes sous-chorioniques. Les infos étaient mitigées : certains spécialistes parlaient de risques de fausse couche aggravés, d'autres affirmaient qu'ils étaient sans conséquence sur la suite d'une grossesse.

Les yeux brûlants de fatigue, Rico contempla la ville. Il se jura de faire tout ce qu'il pourrait pour qu'Halina et leur bébé soient heureux. Il avait failli tout perdre aujourd'hui. Cette perspective l'avait d'autant plus affolé qu'il s'était vu perdre non seulement son enfant, mais aussi Halina.

Mais comment pouvait-il rendre sa princesse heureuse, aimer leur bébé tout en gardant ses distances vis-à-vis d'elle ?

— Quelle heure est-il ?

Perdu dans ses pensées, Rico releva les yeux. Halina s'encadrait dans la porte, les cheveux défaits, encore endormie.

— Je ne sais pas. Dix heures, je crois. Tu devrais retourner te coucher.

— Je ne vais pas passer les cinq prochains mois au lit, Rico.

— Tu as entendu ce qu'a dit le médecin ?

Sourire narquois aux lèvres, elle traversa la pièce et se blottit à l'autre bout du canapé.

— Oui. Que je devais ralentir un peu. Il n'a jamais dit que je devais rester clouée au lit. Tu te doutes bien que je vais tout faire pour garder ce bébé.

Rico hocha la tête. Bien sûr qu'il le croyait. Halina plia les genoux et y posa le menton.

— Ça peut encore mal tourner, dit-elle gravement. Il faut nous y préparer.

— On peut aussi empêcher que cela arrive. Pour éviter que tu te fatigues, je vais annuler notre mariage.

— Pardon ?

— C'est trop de stress. On va reporter et faire un mariage avec moins de flonflons ; ou, si tu préfères, une méga fête mais beaucoup plus tard.

— Mais tous les préparatifs… Tout l'argent que tu as dépensé…

— Peu importe l'argent. Ta santé prime. Et celle de notre enfant, aussi. En plus, si nous attendons un peu, ton père reviendra peut-être sur sa décision.

Son visage se défit. Elle fit non de la tête.

— Je préfère ne pas y croire.

Ému par sa tristesse, Rico faillit la prendre dans ses bras, mais son air sombre l'en dissuada.

— Si je perds ce bébé, Rico ? On fera quoi ?

— Ne parle pas de malheur !

— Il faut quand même être préparés. Si ça arrive, nous n'avons plus aucune raison de nous marier. Tu seras libéré.

Libéré ? Comme s'il avait envie d'être libre, maintenant !

— Et toi ? demanda-t-il. Tu seras libérée ?

Le visage d'Halina s'assombrit davantage encore.

— Oui. Parce que je ne voulais pas de ce mariage sans amour. Je te l'ai déjà dit.

Rico dut se faire violence pour ne pas crier de rage. Inspirant profondément, il reprit d'une voix faussement dégagée :

— Si jamais… Que feras-tu ? Tu retourneras à Abkar ?

Elle haussa les épaules en riant nerveusement.

— J'essaierai d'avoir l'appartement dont j'ai toujours rêvé, avec un piano et une terrasse. À Paris.

Comment ferait-elle ? se demanda Rico. Elle n'avait pas d'argent, aucun revenu d'aucune sorte et, la sachant libre de tout engagement, son père lui chercherait sûrement un nouveau mari. Mais peut-être préférerait-elle ça à l'union forcée avec lui ? Elle lui avait clairement fait comprendre qu'en l'épousant elle avait l'impression qu'on lui passait des menottes à vie. Il n'avait rien dit, mais l'avait mal vécu.

— Bien, dit-il sèchement. Maintenant que les choses sont claires, va te reposer.

— À vos ordres, chef ! se moqua-t-elle.

Il haussa les épaules. Aujourd'hui plus que jamais, l'impression que tout lui échappait devenait une réalité.

14.

Ils auraient dû se marier aujourd'hui. Debout à la fenêtre, songeuse, Halina contemplait la Ville éternelle. La semaine passée avait été interminable. Allongée dans son lit, elle avait attendu que le pire se produise.

Bien qu'elle n'ait pas connu d'autres épisodes de saignement, elle vivait dans la peur. Rico aussi. Au lieu de les rapprocher, cette peur les avait éloignés.

Halina passait l'essentiel de son temps au lit, en partie pour dormir, en partie pour échapper à la tension qui régnait dans le loft. Combien de temps cela allait-il durer ? Cinq mois ? Un jour ? C'était imprévisible et usant pour les nerfs.

Sa seule certitude était qu'elle aimait Rico et qu'il ne l'aimait pas. C'était cruel. Déchirant. Elle en était arrivée à penser qu'il valait peut-être mieux que son bébé ne vive pas. De cette façon, elle n'aurait pas à se marier et à passer une vie entière avec un homme auquel elle n'inspirait aucun sentiment. Bien entendu, ces pensées la culpabilisaient et elle s'efforçait de les repousser.

Le bourdonnement de l'Interphone la sortit brusquement de ses songes. Rico était à son bureau. Quant aux livreurs, ils laissaient habituellement les paquets au gardien.

Bizarre, se dit-elle en décrochant.

— Oui ?

— *Signorina ?* Vous avez de la visite.

— Ah ? répondit-elle, méfiante.

— Le sultan Hassan Amar est en bas, annonça le gardien. Il prétend qu'il est votre père.

Halina, tétanisée, vacilla.

— *Signorina ?*

— Oui, je suis là. Dites-lui de monter, répondit-elle d'une voix blanche.

Cette autorisation à peine formulée, elle la regretta. Et si son père venait pour la ramener chez elle ? Et si on l'enlevait encore une fois ?

Elle réfléchit très vite. Non, il ne serait pas venu tout seul pour faire une chose pareille. Maintenant, s'il était seul, elle pourrait lui résister.

Les portes de l'ascenseur s'ouvrirent. Son père apparut. Bouleversée, Halina plaqua la main sur sa gorge.

— Père.

— Halina.

Il posa les yeux sur son ventre un peu rond.

— Tu as l'air en forme.

Elle rit jaune.

— Non, je ne vais pas bien.

— Qu'est-ce qui ne va pas ?

— Tu ne voulais pas que ce bébé vive, ne put-elle s'empêcher de lui reprocher.

Apparemment navré, son père tendit les bras vers elle.

— Halina, *habibi*…

— Non ! dit-elle en reculant.

— *Habibi*, ma chérie, j'avais décidé de venir à ton mariage mais Falcone m'a dit qu'il l'avait annulé.

La colère s'empara d'elle. Ainsi, son père avait appelé et Rico ne le lui avait pas dit. Pourquoi lui avait-il menti ?

— Assieds-toi, Halina. Et parlons, tu veux bien ? J'ai beaucoup de choses à te dire.

Les bras croisés sur sa poitrine, grelottante malgré la chaleur, elle s'assit.

— Je regrette d'avoir agi comme je l'ai fait. Je te demande pardon.

— Quel revirement, père ! Tu es sincère ? J'ai du mal à te croire.

Hassan se rapprocha. Des larmes brillaient dans ses yeux noirs.

— C'est vrai, *habibi*. Les événements se sont précipités, tu comprends. Je me suis laissé déborder. L'affaire du prince Zayed, toi… Trop de choses, ma chérie.

— Je sais. Moi aussi, je regrette d'avoir mal agi. J'ai été inconséquente.

— Maintenant que le mariage est annulé, je suis là pour te ramener chez nous.

Stupéfaite, Halina fixa son père.

— Mais… Rico Falcone est le père de mon enfant !

— J'ai demandé une enquête sur son passé, répondit Hassan, d'un ton sec qui tranchait avec ses trémolos précédents. Sais-tu qui est cet homme, Halina ? Le sais-tu bien ?

Elle ne savait qu'une chose : qu'elle l'aimait.

— Il a grandi comme un rat d'égout, a fait fortune ensuite dans l'immobilier. C'est un homme froid, impitoyable, sans qualités de cœur. Il a eu beaucoup de femmes dans sa vie. Des femmes qu'il prend et jette au gré de son humeur.

Halina commença à manquer d'air.

— Il clame haut et fort que l'amour est pour les midinettes et que le mariage c'est bon pour les autres. C'est ça l'homme que tu veux épouser, ma fille ?

Rien de ce que son père lui assénait ne la surprenait vraiment, mais l'entendre si clairement exprimé était d'une violence…

— Ce n'est pas un homme pour toi, renchérit Hassan. Ni pour ton enfant.

— Rico ne laissera jamais partir son enfant, hasarda Halina, sans trop savoir ce qu'elle disait.

Elle se sentait dans un tel état de confusion !

— Tu en es sûre ? Il te l'a dit ?

— Il m'a enlevée du Palais des sables oubliés où tu m'avais enfermée et où j'allais pourrir…

— Tu n'es pas juste ! coupa son père. Je l'ai fait pour te protéger.

Sans surprise, Halina constata qu'il voyait toujours tout de son côté de la lorgnette.

— Ce n'est pas ce que j'ai ressenti. Et je n'ai pas l'intention d'y retourner.

— Ce n'est pas ce que je suggère, protesta Hassan. Je te demande simplement de rentrer à la maison, dans ta famille. Tes sœurs ont hâte de te revoir, ta mère aussi.

— Mais… Tu m'avais interdit de les voir.

La tête penchée sur le côté, Hassan reprit, presque implorant :

— Je l'ai fait sous le coup de la colère, pardonne-moi. Rentre à la maison, Halina. Tout le monde t'attend. Falcone ne peut pas te forcer à rester ici, et, de toi à moi, je suis prêt à parier que ton départ le soulagera.

Nouveau coup de poignard dans le cœur, d'autant plus douloureux que son père exprimait tout haut les doutes qui la minaient. Rico l'avait assurée qu'il subviendrait à ses besoins matériels, mais n'avait jamais manifesté de joie excessive quant à sa présence. Elle était aveuglée par son amour pour lui. Son père, lui, raisonnait sainement.

— Halina, reprit-il, radouci. Le jet nous attend à l'aéroport. Nous pouvons être de retour à Abkar, dans notre famille, dans quelques heures.

Elle était impatiente de revoir ses sœurs et sa mère. Elles lui manquaient tellement !

— Il faut que je prévienne Rico, s'entendit-elle dire.

— Que tu me préviennes de quoi ? fit soudain la voix de l'homme qu'elle aimait.

Halina crut qu'elle allait s'évanouir.

Rico avait reconnu au premier regard le sultan d'Abkar. Que diable faisait-il là ?

— Qu'as-tu à me dire, Halina ? Que se passe-t-il ?

— Dis-lui, *habibi*, la pressa le sultan d'une voix doucereuse.

Rico s'était souvent interrogé sur son attitude si son père était revenu. Que lui aurait-il dit ? Se serait-il jeté dans ses bras ?

Apparemment, la décision d'Halina était prise. Elle le quittait. À sa décharge, il devait avouer que la cohabitation, ces dernières semaines, avait été difficile. Sa fiancée attendait de lui un amour qu'il ne se sentait pas capable de lui donner. Il l'avait déçue, découragée. L'incertitude qui planait sur sa grossesse n'avait rien arrangé.

— Halina ? insista-t-il.

Elle tremblait, visiblement malheureuse. Un grand élan de pitié submergea Rico.

— Laisse-moi lui parler, dit le sultan.

Rico le toisa. Cet homme ne lui inspirait pas confiance.

— Je peux…, dit Halina.

— Laisse-le dire ce qu'il a à dire, l'interrompit-il. Va te reposer, pendant ce temps.

Ils se regardèrent un moment, puis Halina hocha la tête et partit.

Rico se tourna vers Hassan.

— Alors ? dit-il froidement.

— Ma fille rentre avec moi.

Rico resta de marbre. Le sultan n'aurait pas le plaisir de le voir affecté par cette nouvelle.

— C'est votre décision, je suppose ?

— Ma décision et son souhait.

— Elle l'a exprimé ?

— Je le sais, c'est ma fille.

— C'est aussi la mère de mon enfant. Et nous allons nous marier.

— Pourtant, le mariage a été annulé.

— Pour raison de santé uniquement.

— Allons, Falcone…, dit le sultan avec un sourire diabolique.

Un rictus, plutôt. Son vrai visage, pensa Rico.

— Parlons franchement maintenant que nous sommes seuls tous les deux, reprit le sultan. J'ai diligenté une enquête sur vous. Peu importe la fortune que vous avez amassée, vous étiez un gosse de la rue et vous l'êtes toujours. Je ne vous autorise pas à épouser ma fille, une princesse de sang royal. Comment le pourrais-je ?

— Ce que vous permettez ou pas me laisse indifférent. Halina est majeure et, dans ce pays, *mon* pays, elle n'est pas soumise à vos lois archaïques. Je l'épouserai si…

— Pour en faire votre esclave ? l'interrompit le sultan. À cause d'un enfant que vous ne désiriez pas ?

Rico parlait avec calme, mais il bouillait intérieurement.

— Le temps des esclaves est révolu, ici. Ce n'est peut-être pas le cas chez vous. Je désire et j'aurai cet enfant. J'ai appris de la bouche même d'Halina que vous l'aviez sommée d'avorter.

— Je règne sur un royaume, Falcone. J'ai des responsabilités, des obligations. Voir ma propre fille souiller ainsi sa réputation, celle de sa famille, la mienne… Quel déshonneur ! Et quel désastre pour le régime de mon pays, pour sa stabilité, pour Halina elle-même.

Il avança d'un pas.

— L'avenir d'Halina est à Abkar, avec son peuple, avec les siens.

— Et vous entendez lui imposer un mari de votre choix…

Le père d'Halina toisa Rico.

— Allons, Falcone, vous savez que vous ne la rendrez jamais heureuse.

Il ne cilla pas. Au fond de lui, il savait que le sultan avait raison. Halina méritait mieux que ce qu'il se sentait capable de lui offrir.

— Vous êtes prêt à la marier contre son gré ? demanda-t-il.

— Non, pas contre sa volonté. Le temps va faire son œuvre. Quand elle sera remise de ce qu'elle vit actuellement, nous prendrons la décision ensemble.

Rico, révolté, chercha le regard du sultan.

— Et l'enfant ?

— Il ne manquera de rien. Il grandira dans le palais, comme membre à part entière de la famille royale.

— Votre peuple acceptera cela ?

Hassan sourit.

— Il n'aura pas d'autre choix.

— Très bien, conclut Rico. Si vous voulez bien me laisser, je vais parler à Halina.

— Faites vite. Je reviens dans une heure.

Il tourna les talons. Alors que les portes de l'ascenseur se refermaient, Rico prit sa décision. Il allait laisser Halina partir. Il le ferait pour son bien, pour son bonheur. Il tenait trop à elle pour l'enchaîner à lui. Il n'était pas digne de son amour.

Une pensée en amenant une autre, il revit son propre père le déposant devant l'orphelinat quand il était tout petit.

Peut-être son père était-il arrivé lui aussi à la conclusion déchirante qu'il ne pourrait pas rendre heureuse la personne qu'il aimait le plus au monde — son fils. Qu'il ne pourrait pas subvenir à ses besoins comme il le souhaitait. Que cette séparation était la meilleure solution, même si elle était atroce.

Le moral en berne, Rico se dirigea vers la chambre.

15.

Halina avait entendu Rico et son père discuter. Le ton était parfois monté puis tous les deux s'étaient calmés. Que s'étaient-ils dit ? Les deux hommes qu'elle aimait le plus au monde avaient-ils eu l'aplomb de décider de son avenir sans elle, lui volant les dernières miettes de sa liberté ?

Elle avait ensuite entendu les portes de l'ascenseur coulisser. Et plus un bruit. Rico était-il parti ?

Au moment où elle s'apprêtait à sortir de sa chambre, la porte s'ouvrit. C'était Rico, crispé, presque hagard.

— Ton père revient dans une heure, dit-il. Oui, ce sera mieux comme ça.

— Il revient ? Pour quoi faire ? Tu veux que je parte, c'est ça ?

— Ce n'est pas que je veuille. C'est ce qu'il y a de mieux pour toi.

— Pour moi ? Tu veux dire pour toi ! s'écria-t-elle.

Elle se mit à sangloter.

— Je ne peux pas te donner ce que tu désires, Halina.

— Dis-le franchement : tu ne m'aimes pas.

Rico hésita, puis hocha la tête.

— Et si j'accepte de vivre comme ça ? supplia-t-elle.

— Tu ne le supporterais pas longtemps. Tu finirais par me détester. Et cette situation me rendrait malheureux. Et toi aussi. Nous finirions par mener des vies parallèles, comme des colocataires pétris de ressentiment.

Halina était désarçonnée. Désespérée.

— Ce n'est pas une fatalité !

— Non, mais le risque est immense.

— C'est une raison pour se séparer ? Tu n'es qu'un lâche, Rico Falcone ! lança-t-elle, indignée. Un lâche !

— Tu crois que c'est facile pour moi ? Crois-tu que je prenne cette décision à la légère ? Abandonner mon enfant, comme mon père m'a abandonné un jour, tu crois vraiment que c'est de gaieté de cœur ?

— Pourquoi le fais-tu, alors ?

— Je le fais pour ton bien, même si c'est difficile pour nous deux. Tu dois penser à l'avenir, Halina. À *ton* avenir. Peut-être un jour trouveras-tu un homme que tu aimeras et qui saura te rendre heureuse…

Halina regarda autour d'elle, incrédule. La décision de Rico était incompréhensible.

— Et ton enfant ? dit-elle, posant la main sur son ventre. Comment lui parlerai-je de toi ? Tu vas vraiment renoncer à tes droits ?

— Oui. Je te jure que c'est mieux comme ça.

— On en reste là, alors ?

— Oui.

Il était livide. Il avait le regard vide, absent. Halina comprit alors qu'il l'avait déjà quittée.

En faisant ses valises, Halina laissa derrière elle les robes haute couture que Rico et elle avaient achetées ensemble. Elle avait à peine terminé que son père revenait.

— Es-tu prête, *habibi* ? L'avion attend. J'ai appelé ta mère, elle est impatiente de te revoir.

Halina ne dit rien mais son corps, son cœur hurlaient de douleur. Elle brûlait d'envie de crier son amour à Rico. Elle n'osait pas. Tant pis, décida-t-elle soudain, elle allait le faire. Elle ouvrait la bouche pour lui dire : « Je t'aime » quand, passant devant elle, il laissa tomber :

— Au revoir.

Et il quitta la pièce.

Interdite, Halina en resta littéralement paralysée. Puis elle suivit son père.

Le trajet jusqu'à l'aéroport se passa sans un mot. Submergée par le chagrin, elle ne pensait même plus. Une fois à bord du jet, son père, satisfait du succès de sa mission, retrouva son ton mielleux :

— Va t'allonger, ma fille.

Elle obéit. Assommée par ce qu'il lui arrivait, elle ne se réveilla qu'à Abkar.

— Tout le monde t'attend, dit Hassan en l'emmenant vers la limousine stationnée sur le tarmac, avec son escorte de policiers.

Comme un automate, Halina monta dans le véhicule et, la tête contre la vitre, regarda sans joie défiler le désert. Elle ignorait le sort qui l'attendait au palais et elle s'en moquait. Rico lui manquait même s'il ne l'aimait pas. Rome lui manquait.

N'empêche, Rico était un lâche. Il l'avait laissée partir parce qu'il l'avait bien voulu. Quant à leur bébé, s'il l'abandonnait, c'était qu'en réalité il n'avait pas envie de s'encombrer d'un enfant. Il n'avait pas eu le courage de lui dire la vérité.

Elle ressassait encore son amertume lorsque le convoi royal arriva au palais. Tout excitées, ses sœurs se précipitèrent sur elle. Après plusieurs minutes de rires, d'embrassades, d'effusions, Halina réalisa à quel point sa famille lui avait manqué.

— Nous sommes si heureux que tu sois revenue, lui dit Aliya.

— Merci, maman.

— Nous avons beaucoup à faire, poursuivit sa mère, en lui faisant signe de s'asseoir.

Un domestique leur servit du thé à la menthe.

— Beaucoup à faire ? s'étonna Halina.

— Oui, pour ton mariage, ma chérie. Avec le sultan de Bahari. Ton père t'en a sûrement parlé !

— Heu… non, bégaya-t-elle, assommée par la nouvelle.

— Il sera célébré dans une semaine. Le sultan veut t'épouser avant que… que *ça* ne se voie trop.

Un peu embarrassée, Aliya jeta un regard discret à ses filles cadettes.

— Tu as de la chance qu'on t'ait trouvé un mari ! déclara sa mère, comme un point final sur le sujet.

Halina, incrédule, prenait conscience de l'effroyable réalité. Son père l'avait trompée avec ses paroles lénifiantes et ses remords. Il avait voulu qu'elle rentre pour la marier au mieux de ses intérêts politiques, même si le futur marié avait quelque cinquante ans de plus qu'elle et déjà deux épouses.

Elle connaissait le sultan de Bahari pour l'avoir côtoyé lors d'une réception diplomatique, rébarbative comme toutes les soirées organisées par son père. À la pensée de ce qui l'attendait avec ce vieil homme peu séduisant, un goût amer de bile lui pollua la bouche.

— Ce n'est pas possible, mère ! Tu ne laisseras pas faire ça !

— C'est tout ce qu'il te reste, ma fille.

— Rico Falcone, le père de mon enfant, était prêt à m'épouser, rétorqua Halina. Il me convient sûrement mieux que ce vieillard décati.

— Ne sois pas irrespectueuse. Politiquement, Falcone ne nous servira pas. Et sa réputation est désastreuse. C'est ton devoir, Halina. Tu dois le comprendre. Après avoir déshonoré ta famille, c'est le moins que tu puisses faire.

Elle s'effondra en larmes. Désarmée, complètement démunie, elle n'avait d'autre choix que se soumettre au diktat paternel. Seigneur, ce n'était pas possible ! Elle n'était pas revenue ici pour vivre ce cauchemar ! Et Rico ? Elle aurait dû lui dire qu'elle l'aimait. Même si elle épousait le sultan de Bahari, il fallait qu'il le sache. C'était bête, mais cela lui apporterait un semblant de réconfort dans la nuit sans fin des années sombres qui l'attendaient.

16.

Trois jours s'étaient écoulés depuis qu'Halina était sortie de son appartement, de sa vie. Trois jours interminables. Assez de temps pour reconsidérer la décision qu'il avait prise et qu'il trouvait désormais absurde. À quoi pensait-il en la laissant partir ? En abandonnant son enfant ?

Le sultan Hassan avait bien joué. Il l'avait conforté dans ses doutes et convaincu qu'il ne convenait pas à Halina.

Malgré l'indifférence qu'il affichait — qui n'était pas le reflet de ses sentiments pour elle — et ses atermoiements, elle l'avait supplié de la garder auprès de lui. Au prétexte de son incapacité à aimer, il avait choisi de la laisser partir. Elle avait raison, quel lâche il était !

Et quel gâchis !

Oui, quel gâchis. Car, il en prenait conscience aujourd'hui d'une manière éclatante, il aimait Halina. Il l'aimait depuis l'instant où il l'avait vue mais se l'était caché à lui-même par peur. Peur d'être rejeté, peur d'être obligé de la supplier pour qu'elle reste. Plutôt que de risquer un refus, il avait opté pour la lâcheté.

Dorénavant, il avait devant lui un constat d'échec. Il avait aimé, il avait tout raté. Il ne pouvait s'en prendre qu'à lui. Il ne lui restait qu'à espérer pour elle une vie meilleure qu'avec lui.

Le quatrième jour, alors qu'il marchait dans Rome pour se changer les idées, il tomba sur la une d'un magazine people barrée d'un gros titre :

« Mariage princier.
Le sultan de Bahari épouse Halina d'Abkar. »

Sous le choc, il s'immobilisa. Son sang ne fit qu'un tour. Il acheta le journal pour regarder les photos qui illustraient l'article. Le sultan de Bahari était un vieux barbu bedonnant aux traits mous et au sourire suffisant. Ce n'était pas possible ! Glacé, Rico frissonna, frotta ses bras subitement hérissés de chair de poule. Ah non, il n'avait pas sacrifié son propre bonheur pour voir sa princesse donnée en pâture à ce vieil intrigant !

Il en était sûr à présent, elle ignorait dans quel traquenard elle allait tomber en revenant à Abkar. Le sultan les avait bien trompés, tous les deux.

— Bon sang ! jura Rico.

Sa lâcheté avait conduit à ce désastre. En voulant pour Halina ce qu'il jugeait le plus souhaitable, il l'avait envoyée dans la gueule du loup.

Sans hésiter une minute de plus, il empoigna son téléphone. Il l'avait déjà sauvée une fois, il la sauverait une deuxième. Et, cette fois, plus subtilement…

Quelques coups de téléphone et plusieurs heures plus tard, Rico atterrissait au sultanat de Bahari pour une audience avec le maître du pays. Quarante-cinq minutes de tête-à-tête.

Après une nuit dans un palace de la capitale, il prit un vol pour Abkar. Il dut parlementer longtemps et passer par plusieurs interlocuteurs pour enfin être admis dans le palais royal. Il fut finalement conduit à un petit salon, où il patienta ce qui lui parut une éternité. Enfin, le sultan daigna paraître.

— Quel étonnement de vous voir ici, dit d'emblée celui-ci d'un ton glacial. Il s'agit du mariage de ma fille, j'imagine. Si je vous écoute, c'est uniquement parce qu'elle est enceinte de vos œuvres. Vous serez aimable, ensuite, de disposer.

Bombant le torse, il croisa les bras sur sa djellaba.

— Le sultan de Bahari annule le mariage, déclara Rico.

Son interlocuteur plissa les yeux.

— Vous dites n'importe quoi.

— Je ne crois pas. Si vous souhaitez qu'il vous le confirme, appelez-le. Tenez…

Rico appuya sur une touche et lui tendit son téléphone portable.

— J'ai accès à sa ligne privée, ajouta-t-il.

— Qu'avez-vous fait ? gronda Hassan, fixant le portable comme s'il s'agissait d'un serpent à sonnette prêt à frapper.

— Demandez-le-lui. Vous allez l'avoir en ligne.

Sans dire un mot, le père d'Halina s'empara du téléphone. Il commença à échanger en arabe avec le sultan de Bahari. Il semblait de plus en plus tendu. La conversation terminée, il jeta le portable en direction de Rico, qui le rattrapa.

— Très intelligent, Falcone. Très habile.

— Dommage pour vous que le sultan préfère les chevaux de course aux femmes.

— Combien vous a coûté ce pur-sang ? Combien avez-vous payé pour acheter le sultan de Bahari ? fulmina Hassan. Des millions ? Du gaspillage, car je ne laisserai pas Halina partir !

— Si, rétorqua Rico sans se départir de son calme. Parce que si vous vous opposez à son départ, je ferai tout ce qui est en mon pouvoir, je donnerai tout ce que je possède pour vous faire du tort, à vous et à votre royaume. Et croyez-moi, j'aime les défis.

Hassan le fixa un moment, mâchoires serrées, glacial.

— Pourquoi est-ce si important pour vous, Falcone ? Vous avez toutes les femmes que vous voulez. Alors une de plus… Laissez-la tranquille.

— Si c'est ce que veut votre fille, je la laisserai tranquille. Mais je ne suis pas sûr que ce soit son choix.

Un long silence s'installa, que le sultan brisa finalement :

— Très bien. J'aurais du mal à trouver quelqu'un de convenable pour elle, maintenant, vu son état. Faites-en ce que vous voulez, mais elle ne sera plus jamais la bienvenue au palais.

— Tant pis pour vous !

Alors que Rico était amené devant les portes d'un salon de réception, le doute recommença à le grignoter. Peut-être avait-il agi trop précipitamment ? Il l'avait fait pour Halina, pour lui aussi et pour la famille qu'ils allaient créer. Mais elle aurait peut-être préféré épouser ce fichu sultan…

Il n'y a pas deux façons de le savoir, se dit-il.

Après une profonde inspiration, il ouvrit les portes. Halina était là, plus blanche que jamais, les joues creuses. Sa maigreur faisait ressortir son ventre, qui s'était arrondi.

— Rico ? murmura-t-elle d'un ton incrédule, ouvrant de grands yeux.

— Ton père ne t'a pas dit que j'étais là ?

— Personne ne m'a rien dit.

Elle prit une inspiration et ajouta :

— Je me marie avec le sultan de Bahari, samedi.

— Non, Halina. Il a annulé le mariage.

— Quoi ? Qu'est-ce que tu racontes, Rico ? Si c'est une blague, elle n'est pas drôle !

— J'ai passé un accord avec lui. Il a accepté d'annuler le mariage, en échange de l'étalon qu'il convoitait depuis des années. Le propriétaire refusait de le lui vendre, alors je l'ai acheté.

Halina secoua la tête. Elle semblait nager en pleine confusion.

— Mais, comment… ?

— Ce n'est pas difficile quand on connaît la bonne personne et qu'on offre le bon prix. Mais d'abord, dis-moi que tu vas bien. Et le bébé ?

— Le bébé va bien. Je n'ai plus saigné et je le sens bouger. Mais toi, Rico. Que fais-tu ici ?

— J'ai appris que tu te mariais et j'ai tout de suite pensé que c'était contre ta volonté. Je me suis même dit que ton père t'avait tendu un piège, à Rome, pour te ramener dans ta famille.

Halina ferma brièvement les yeux.

— C'est exactement cela, acquiesça-t-elle. J'aurais dû m'en douter.

— *Cara*, moi aussi je me suis laissé berner. Je ne me le pardonnerai jamais.

— N'aie pas de remords, Rico. S'il te plaît.

— J'ai une question, si tu veux bien.

Il la regarda gravement.

— Que souhaites-tu du fond du cœur ? J'ai besoin de le savoir. Parce que ton père a été très clair : si tu pars avec moi, tu ne seras plus la bienvenue au palais. C'est cher payer le prix de ta liberté. Oserai-je dire de ton bonheur ? Toi seule peux décider.

— Ai-je vraiment le choix ? Soit j'épouse un vieux barbon et je vis dans la honte, loin de ceux que j'aime, avec un enfant illégitime qu'on m'enlèvera sans doute, soit je me…

Inquiété par la menace qui affleurait, Rico lui prit les mains. Elles étaient toutes petites et glacées dans les siennes.

— Alors, partons, dit-il. Je t'emmène.

— On retourne à Rome ?

— Non, dit Rico, le cœur débordant à la fois d'amour et de regrets. Non.

Car il savait enfin ce qu'était l'amour, et il comprenait que c'était bien plus que ce qu'il avait imaginé. Ce n'était pas un sentiment éphémère, c'était la vie, faite de devoirs et de sacrifices, de joie et de plénitude. Il ferait tout, n'importe quelle folie pour Halina, parce qu'il l'aimait. Il la laisserait même partir.

— Rico, où allons-nous ?

Il lui sourit, le cœur débordant d'émotion.

— Nous allons à Paris.

17.

Halina prit place dans le jet privé de Rico en se disant ironiquement que cela commençait à devenir une habitude. Ce qu'elle ressentait, un mélange de soulagement et de tristesse, la déstabilisait. Elle avait revu avec joie ses sœurs, sa famille, mais leurs retrouvailles avaient été très fugaces. Et elle en éprouvait une forme de tristesse. En même temps, elle était soulagée d'éviter le funeste destin qui l'aurait attendue à Bahari.

Qu'allait-il se passer maintenant ? Lorsqu'elle avait demandé à Rico pourquoi Paris, il n'avait pas répondu. Il ne semblait pas heureux de l'avoir auprès de lui, il s'était même renfermé. Devant tant de tristesse, Halina commençait à regretter le prix qu'elle avait payé pour être libre. Étaient-ils vraiment mieux lotis que quelques jours plus tôt, avant l'arrivée de son père ? C'était comme si rien n'avait vraiment changé. Rico était toujours aussi lointain et elle, seule avec son amour. La situation était *déjà* invivable…

L'avion atterrit enfin à Paris. Le nez contre la vitre de leur limousine, Halina regardait défiler, émerveillée, les sublimes bâtiments de la plus belle ville du monde.

— La tour Eiffel ! s'exclama-t-elle. Je l'avais vue en photo.

— Tu auras le temps de voir tout ce que tu veux, lui dit Rico.

Elle se tourna vers lui. Pourquoi avait-il l'air si résigné ?

Quand la limousine tourna dans une rue bordée d'immeubles anciens, elle commença à comprendre. Devant le numéro dix-huit, élégante bâtisse couverte de vigne vierge comme dans son livre pour enfants, la limousine s'arrêta. Rico sortit une clé de sa poche.

— Viens, dit-il.

Ils montèrent l'escalier en pierre du perron et entrèrent.

— Je suis désolé, dit-il, il y a beaucoup de marches.

— Mon rêve…, dit-elle à mi-voix, émue aux larmes.

Elle suivit Rico dans l'ascenseur.

— Tu avais bien dit « dernier étage », n'est-ce pas ?

Il glissa une grosse clé dans la serrure et poussa la porte.

— Entre.

Halina longea un petit couloir tapissé d'une toile de Jouy, tourna à l'angle et s'arrêta, stupéfaite, devant le salon. Tout y était comme dans son rêve : le canapé ancien, le piano à queue, les étagères chargées de livres.

— Comment as-tu… ? commença-t-elle en faisant le tour de l'appartement.

La cuisine était chaleureuse, avec des plats de toutes les couleurs et des fleurs sur la table. Dans la chambre, il y avait un lit double avec un dessus en broderie anglaise. Les rideaux, d'un beau bleu, encadraient une fenêtre ouverte sur le soleil d'octobre.

Comble de bonheur, il y avait la terrasse ! Elle ouvrit les portes-fenêtres et s'y promena.

— Je rêve ! s'exclama-t-elle en voyant les balustrades en fer forgé et les pots d'herbes aromatiques et de fleurs.

En bas, le Quartier latin bruissait d'animation. Une odeur de croissants chauds montait, excitant ses papilles. Halina comprit qu'elle revivait. Qu'elle renaissait.

— Rico, comment as-tu fait ?

— Tu me l'avais décrit avec tant de détails, répondit-il en souriant.

Il semblait toujours triste.

— Mais pour tout arranger ?

— Cela m'a demandé un peu de travail, heureusement j'ai trouvé de bons artisans qui ont suivi mes demandes à la lettre.

Rico sourit plus franchement.

— Je ne sais pas quoi dire, balbutia Halina.

— L'acte de propriété est à ton nom, bien sûr. J'ai engagé une femme de ménage qui viendra une fois par semaine. Tu décideras du jour.

— Je ne comprends pas.

— Cet appartement sera peut-être petit avec un bébé…

— Je comprends de moins en moins, Rico. Explique-moi. Qu'est-ce que tu dis ?

La tristesse de son sourire la décontenança.

— Je te donne ce que tu as toujours voulu : ta liberté.

Rico voyait bien qu'Halina avait du mal à comprendre la situation. Il lui faudrait un peu de temps sans doute. Sa joie en découvrant ce petit appartement lui avait fait un grand plaisir, mais l'attristait en même temps. Elle serait heureuse, ici. Il y veillerait. Parce que, aimer quelqu'un, c'était vouloir son bonheur plus que le sien propre.

— Ma *liberté*, répéta-t-elle enfin d'une voix incrédule. Tu veux dire que tu me quittes encore ?

— Je te donne ce que tu veux. Tu m'avais dit que tu étais avant tout jalouse de ta liberté. Tu l'as.

Il avait beaucoup réfléchi dans l'avion qui l'amenait à Bahari.

— Heu… Je n'ai pas choisi. Tu l'as encore fait pour moi.

Surpris et déçu, Rico se frotta la joue. Il pensait faire plaisir à Halina, qu'elle serait contente. L'avait-il vraiment fait pour elle ou pour soulager sa conscience, se sentant coupable de l'avoir abandonnée ?

— Si tu ne veux pas vivre ici, libre à toi.

— Ce n'est pas cela, Rico. C'est que j'ai cru, quand tu es venu me chercher, que c'était pour vivre avec toi. Que c'était ce que tu voulais.

— J'essaie de bien faire, bredouilla-t-il, déstabilisé.

— Vraiment ?

Alors, de manière complètement imprévisible, Halina se jeta dans ses bras.

— Je t'aime, Rico.

Elle lui offrit un sourire dévastateur.

— Je t'aime depuis toujours, mais j'avais peur de te le dire. Aujourd'hui, je n'ai plus peur. Oui, je t'aime. Jusqu'à ce jour, je me suis sentie comme une balle de tennis qu'on s'envoie et se renvoie. Je ne veux plus de ça. Je veux être libre de mes choix et je te choisis. Toi. Si tu veux bien de moi.

Abasourdi, Rico se demandait si la scène était bien réelle : Paris, le soleil, la terrasse, sa superbe princesse…

— Je sais que tu ne m'aimes pas, continua-t-elle, et je suis prête à l'accepter. J'espère que tu t'occuperas un peu de moi, de temps en temps. En attendant, je veux ce que nous avions avant. Je m'en contenterai. Je veux nous, Rico. Je veux notre famille.

— Arrête, Halina ! Je ne veux pas écouter ce que tu dis.

Il avait les yeux voilés par un nuage de larmes. Ses lèvres frémissaient.

— Tu as tort. C'est faux. Je ne m'occuperai pas de toi *de temps en temps*. Parce que je suis déjà totalement amoureux de toi.

Il lui prit le visage dans ses mains.

— Je me bats depuis longtemps, peut-être même depuis que nous nous sommes rencontrés. Je me bats contre mes démons parce que j'ai peur d'aimer, peur d'être de nouveau blessé. Abandonné.

Il reprit son souffle.

— Alors j'ai fait ce que je pensais ne jamais, jamais faire : je t'ai quittée. Pour ne pas être quitté. Je me suis convaincu que je faisais ce que je devais, ce qui était honorable. En fait, c'était de la lâcheté. Tu as eu raison de me traiter de lâche, Halina. Lina. Ma Lina.

Il prit ses mains et les serra.

— T'entendre dire que tu m'aimes… Le savoir… Le croire… J'aurais aimé te le dire en premier. J'aurais aimé avoir ton courage. C'est un tel honneur, un tel privilège d'être aimé de toi. Je ne le mérite pas. Je sais que je ne *te* mérite pas.

— Il n'est pas question de mériter, affirma doucement Halina en se blottissant contre son torse. L'amour est un don. On donne librement, on reçoit avec gratitude. C'est ça, l'amour, pour moi.

— Pour moi aussi. Je t'aime infiniment, ma Lina. Je t'aime tellement. Tellement.

— Moi aussi, Rico. Tellement. Si tu savais…

Il l'embrassa alors, parce qu'il avait besoin de sentir contre lui la liane souple de son corps, parce qu'il avait besoin de sa bouche soudée à la sienne. Elle passa les bras autour de son cou et le serra contre elle, alors que le soleil les inondait de la lumière vibrante de ses rayons et que, dehors, le monde entier chantait.

Épilogue

Six mois plus tard

— Ce petit bonhomme est affamé, on dirait ?

Rico baissa les yeux vers son fils, qui tétait avidement le sein de sa mère. Halina caressa les cheveux de son bébé et leva les yeux en riant.

— Ça ne me dérange pas, dit-elle.

— Aussi longtemps que tu peux te reposer, ça va.

— Ne t'inquiète pas, je me repose.

Ils échangèrent un sourire plein d'amour et il lui caressa la main, émerveillé de partager avec sa princesse un aussi grand et aussi précieux sentiment.

Les derniers mois avaient été tumultueux, depuis leur mariage, célébré dans l'intimité alors qu'Halina était enceinte de sept mois. Son amie Olivia et son mari, le prince Zayed, avaient tenu à être présents à la cérémonie, de même que sa mère, qui leur avait fait la merveilleuse surprise d'être là.

Après un accouchement difficile, son fils était né. Matteo, prénommé ainsi en hommage au père de Rico, qui avait admis que l'on avait tous droit à l'erreur. Parce qu'il avait compris que l'on faisait parfois les mauvais choix. Il ignorait quelle avait été la motivation de son père, mais grâce à Halina, à la lumière et à l'amour qu'elle lui avait infusés, il lui avait pardonné. Sa princesse lui avait apporté la guérison.

— Je crois qu'il a assez mangé.

Halina lui tendit leur fils.

— Tu veux le prendre ?

— Bien sûr.

Rico ne se lassait pas de bercer son enfant. Il s'émerveillait de leur union, de la famille qu'ils formaient. C'étaient des cadeaux, des trésors qu'il avait sous-estimés. À tort.

Matteo bl otti contre son épaule, il le berça doucement sous le regard attendri d'Halina. Elle s'était épanouie ces derniers mois. Elle n'était que grâce et beauté, et évoluait avec bonheur dans l'amour sans faille qu'il lui offrait.

Ils vivaient maintenant à Rome, dans une superbe villa suffisamment grande pour accueillir de nombreux autres enfants. Halina sourit à son mari.

— À quoi penses-tu ? demanda-t-elle.

— Je me dis que j'ai beaucoup de chance.

— Moi aussi.

— Oui, nous avons énormément de chance tous les deux. Tous les trois.

Rico aida sa femme à se lever de son rocking-chair et passa un bras autour d'elle, de sorte qu'ils formaient, à trois, un petit cercle. *Son* cercle. Sa famille. Les êtres les plus chers au monde. Son monde. Un monde qu'il adorait.

Vous avez aimé *Une nuit royale* ?
Retrouvez l'univers de Kate Hewitt
dès le mois prochain
dans votre collection Azur !

Retrouvez en juin 2019,
dans votre collection

Azur

Liaison et secret, de Chantelle Shaw - N°4092

ENFANT SECRET

Au départ, il ne s'agissait pour Ava que de jouer un rôle. En se faisant passer pour la fiancée de Giannis Gekas, elle obtenait de lui qu'il retire sa plainte contre son jeune frère. Mais tout est allé trop loin, entre eux. Le désir les a rapprochés, la passion les a emportés. Et maintenant qu'Ava est enceinte, il leur faut assumer les conséquences de leur torride liaison...

Passion romaine, de Susan Stephens - N°4093

Jeune avocate, Katie ne s'attendait pas à devoir traiter avec le plus gros client de son cabinet. Comment ne pas être intimidée par l'aura du *signor* Rigo Ruggiero qui, non content d'être un magnat redouté en affaires, se trouve également être le plus bel homme que la Terre ait porté ? Hélas, le trouble de Katie ne fait que redoubler quand elle est sommée de se rendre à Rome avec celui qu'elle ne peut regarder sans frémir de désir...

Souverain de son cœur, d'Annie West - N°4094

Lina doit tout à Sayid Badawi... Devenu son souverain et tuteur alors qu'elle n'était qu'une jeune fille timide, il l'a envoyée étudier à l'étranger. Il a transformé la pauvre orpheline en femme libre ! Aujourd'hui qu'elle est de retour à Halarq, quatre ans après leur unique entrevue, Lina est émue de le revoir. Le regard de Sayid, sa voix grave, sa peau hâlée : tout la fascine encore chez lui. Or, si elle aimerait pouvoir lui crier sa gratitude et l'amour qu'elle lui porte, c'est impossible. Car Sayid, émir du royaume d'Halarq, n'appartiendra jamais au même monde qu'elle...

Délectable vengeance, de Lynne Graham - N°4095

Un odieux chantage, voilà ce que lui propose Xan Ziakis. Pour éviter la prison à sa mère, Elvi doit s'installer chez l'homme d'affaires. Et durant quelques mois, se soumettre à son bon vouloir. Horrifiée, Elvi songe à toutes ces années, où elle a rêvé de Xan, à sa beauté scandaleuse, à son charisme affolant. Hélas, si l'homme de ses fantasmes se montrait doux et prévenant avec elle, le véritable Xan s'avère être un impitoyable séducteur…

Noces en héritage, de Melanie Milburne - N°4096

Comment en est-elle arrivée là ? Si Izzy n'est pas mariée dans les vingt-quatre heures, elle sera privée de son héritage et surtout du domaine du Wiltshire où elle a passé les plus beaux moments de sa vie. Alors qu'elle désespère de trouver une solution, voilà qu'Andrea Vaccaro, au courant de ses déboires, vient lui proposer… de l'épouser ! Bouleversée de se retrouver à la merci de ce play-boy vaniteux qui l'attire bien trop, Izzy n'a pourtant d'autre choix que d'accepter…

Alliances de désir, de Julia James - N°4097

Elle ressemblait à une princesse de glace, pourtant, il brûlait de l'embrasser. Depuis qu'il a contracté un mariage de pure convenance avec Diana St Clair, Nikos ne songe plus qu'à changer les termes du pacte qu'ils ont conclu tous les deux. Comment pourrait-il se contenter d'une union platonique, alors que sa nouvelle épouse éveille en lui un désir inouï – et dévastateur ? Pour lui éviter de devenir fou, il doit maintenant convaincre Diana qu'elle peut être sa partenaire dans tous les domaines…

Un audacieux marché, de Jennifer Hayward - N°4098

Accompagner Lazzero Di Fiore à Milan, et feindre d'être sa fiancée ? L'idée a de quoi rebuter Chiara, car il incarne tout ce qu'elle déteste chez les hommes riches et imbus de leur personne. Et puis, pourquoi Lazzero l'a-t-il choisie *elle*, simple serveuse, pour parader à son bras dans le monde glamour qui est le sien ? Malgré ses doutes, Chiara se surprend à accepter cette audacieuse proposition…

Le bébé de Cristiano Moretti, de Jennie Lucas - N°4099

SÉRIE : *HÉRITIERS SECRETS & SCANDALEUSES MARIÉES* - 1/3

Depuis sa plus tendre enfance, Hallie rêve de fonder une famille avec l'homme de sa vie. Aujourd'hui pourtant, son existence est loin d'être idyllique. Sans travail ni argent, elle se retrouvera bientôt sans toit, seule avec son bébé ! Cette situation désespérée, c'est à Cristiano Moretti qu'elle la doit. Après l'avoir mise dans son lit, son patron riche et puissant l'a licenciée ! Hélas, si elle préfèrerait oublier cet homme cruel, elle est contrainte de lui demander son aide – pour le bien de l'enfant dont Cristiano ignore encore être le père…

Le destin de Galila, de Dani Collins - N°4100

SÉRIE : *LES ROIS DU DÉSERT* - 3/4

Une douce soirée, un coup de foudre, un baiser passionné. Parce qu'elle a embrassé un inconnu, le temps d'une folle parenthèse, voilà que la princesse Galila est sommée de l'épouser – pour raison d'État. Le cheikh Karim al-Zyria, puisque c'est le nom de son séducteur, a-t-il prémédité leur tête-à-tête enfiévré, qu'elle croyait le fruit du hasard, voire du destin ? Piégée par la passion, Galila doit maintenant suivre son promis dans le désert…

Servante ou princesse, de Kate Hewitt - N°4101

Confondue avec la princesse Halina dont elle est la gouvernante, Olivia a été enlevée… puis mariée de force ! Une situation d'autant plus insensée que son nouvel époux, le prince Zayed al-bin Nur, éveille en elle un désir inouï ! Alors qu'elle devrait tenter de fuir, elle se sent irrésistiblement attirée par son geôlier. Jusqu'à succomber à la passion entre ses bras…

Une irrésistible séduction, de Maya Blake - N°4102

Depuis qu'elle travaille pour Sakis Pentalidès, le célèbre armateur, Brianna se comporte avec le plus grand professionnalisme. Qu'importe qu'il soit terriblement charismatique, plus jamais elle ne fera l'erreur de tomber amoureuse de son patron… Mais, lorsqu'un accident requiert leur présence immédiate à l'autre bout du monde, les obligeant à partager – pour la nuit – la dernière chambre d'hôtel disponible de la ville, Brianna sent la panique l'envahir. Car le regard que Sakis pose sur elle n'a plus rien de son détachement habituel…

Composé et édité par HarperCollins France.

Achevé d'imprimer en avril 2019.

CPi
BLACK PRINT

Barcelone

Dépôt légal : mai 2019.

MIXTE
Papier issu de sources responsables
FSC® C108412

Pour limiter l'empreinte environnementale de ses livres, HarperCollins France s'engage à n'utiliser que du papier fabriqué à partir de bois provenant de forêts gérées durablement et de manière responsable.

Imprimé en Espagne.